The American Clock

美国时钟

阿瑟·米勒 著　梅绍武 译

上海译文出版社

目　　录

导　言
美国戏剧的良心：阿瑟·米勒

　　在当代美国剧作家当中，自尤金·奥尼尔于一九五三年逝世后，最受西方重视的当属阿瑟·米勒、田纳西·威廉斯和爱德华·阿尔比三人。阿尔比属于荒诞派之列。米勒和威廉斯则接近现实主义，他俩都在探讨"人生意义"，但两人的创作方法迥然不同。威廉斯以《玻璃动物园》、《欲望号街车》和《热铁皮屋顶上的猫》三剧赢得了国际声誉，是一位斯特林堡式的作家；他侧重情感，注重剖析人的境遇和精神状态，而其笔下的人物也多半是精神上深受压抑或遭到社会排斥的底层人物。威廉斯力求通过剧作来揭示当代美国的社会病态，探讨人生的真正价值。米勒则以《推销员之死》、《萨勒姆的女巫》和《桥头眺望》等剧获得国际声誉，是一位易卜生式的社会剧作家；他着重理智，关怀整个人性。他认为舞台应是一个比单纯娱乐更为重要的传播思想的媒介，应为一个严肃的目标服务。

阿瑟·米勒本人曾说"艺术应该在社会改革中发挥有效作用"[1]，"伟大的戏剧都向人们提出重大问题，否则就只不过是纯艺术技巧罢了。我不能想象值得我花费时间为之效力的戏剧不想改变世界，正如一个具有创造力的科学家不可能不想证实各项已知事物的正确性"[2]。

一

阿瑟·米勒一九一五年十月十七日出生于纽约。父亲是犹太裔的妇女时装商，于三十年代初美国经济大萧条时期破产；母亲是中学教员，为此只好靠变卖她的首饰维持家庭生计，渡过难关。米勒中学毕业后到一家汽车零件批发公司工作了两年，积攒些钱后进入密歇根大学新闻系和英文系学习，开始试写剧本，并两次获得校

① 阿瑟·米勒自传《时移世变》，格罗夫出版社，第 93 页。
② 同上书，第 180 页。

内霍普沃德写作竞赛戏剧奖。在校内，他为了获得生活补助金，曾在生物试验室任养鼠员，并在学生主办的校园《日报》社担任记者和编辑。一九三八年，他获文学学士学位，从该校毕业后，一九四一年至一九四四年期间，他在一家制盒工厂干活，后又在海军船坞充当安装技工的助手，同时为哥伦比亚广播公司和全国广播公司撰写广播剧。他还当过卡车司机、侍者、面包房送货员、仓库管理员和电台歌手。一九四四年，他到陆军十一营为电影《大兵故事》收集素材，出版了报告文学《处境正常》，同年《吉星高照的男人》问世，这是他第一部在百老汇上演的剧本。

一九四七年，米勒的剧本《都是我的儿子》上演，获纽约剧评界奖，使他一举成名。这是一出易卜生式的社会道德剧，写一家工厂老板在第二次世界大战期间向军方交付不合格的飞机引擎的汽缸，致使二十一名飞行员坠机身亡。他嫁祸于人，虽然逃脱了法律制裁，却受到良心的谴责。最后他认识到那些丧命的飞行员"都是我的儿子"，遂饮弹自尽。

接着，《推销员之死》于一九四九年发表，在百老汇连续上演了七百四十二场，荣获普利策奖和纽约剧评界奖，从而使米勒赢得国际声誉。剧本叙述一名推销员威利·洛曼悲惨的遭遇。威利因年老体衰，要求在办公室里工作，却被老板辞退。他气愤地说："我在这家公司苦苦干了三十四年，现在连人寿保险费都付不出！人不是水果！你不能吃了橘子扔掉皮啊！"（剧中一直没有交代他在推销什么，有人问作者，他说："威利在推销他自己。"）威利在懊丧之下，责怪两个儿子不务正业，一事无成。儿子反唇相讥，嘲笑他不过是个蹩脚的跑街罢了。老推销员做了一辈子美梦，现在全都幻灭了，自尊心受到严重挫伤。他梦呓似的与他那已故的、在非洲发财致富的大哥争论个人爱好的事业，最后他为了使家庭获得一笔人寿保险费而在深夜驾车外出撞毁身亡。全剧手法新颖，无需换景，借助灯光即可随时变换时间和地点。剧中现在和过去的事相互交错。这出戏在一定程度上批判了美国的商业竞争制度。

五十年代初，米勒改编的易卜生的《人民公敌》上演，也获得好评。当时美国麦卡锡主义兴起，米勒于一九五三年根据北美殖民地时代的一桩株连无数人的"逐巫案"写出了历史剧《炼狱》，以影射当时非美活动调查委员会对无辜人士的迫害。这一时期，米勒因早期参与左翼文艺活动而屡次受到非美活动调查委员会的传讯。一九五七年，他因拒绝说出以前曾和他一起开过会的左派作家和共产党人的名字而被判"蔑视国会"罪，处以罚金和三十天徒刑，缓期执行，直到一九五八年八月上诉法院才将这一罪名撤销。这一时期，他还写了一出反映三十年代美国职工生活、带有自传性的感伤独幕剧《两个星期一的回忆》和一出反映意大利籍工人在美国的不幸遭遇的两幕悲剧《桥头眺望》。米勒于一九五六年和一九五九年先后获密歇根大学荣誉文学博士学位和美国全国文学艺术研究院金质戏剧奖章。

一九五五年米勒和妻子玛丽·斯赖特瑞离婚，次年与好莱坞名演员玛丽莲·梦露结婚。一九六〇年他把自己的一个短篇小说改编成同名电影剧本《乱点鸳鸯谱》，由梦露和克拉克·盖博主演。一九六一年电影拍摄完成后，两人因性格悬殊而离婚。一九六二年他与奥籍摄影师英格博格·莫拉斯结婚。

一九六四年米勒发表了一出反映现代人在社会上生存问题的自传性色彩相当浓厚的剧本——《堕落之后》。剧情是一名律师昆廷因两次婚姻失败，回忆他和两个离了婚的妻子之间的爱恨交织的关系，以及新近相识的奥籍考古学家霍尔佳给他带来恢复生活信心的希望。剧中还穿插了昆廷回忆自己的父母之间的纠葛，纳粹集中营的惨状和非美活动调查委员会对左翼知识分子的传讯。昆廷经过对生活经历的反思领悟到人类自从亚当犯了原罪堕落之后，就具有犯罪的本能和残杀成性、背信弃义等品质；人只认识到爱是远远不够的，更需要面对生活而无所畏惧。有些西方评论家认为米勒敢于暴露自己的灵魂而写出了一部意义深远的自传体文献，堪与奥尼尔的《长夜漫漫路迢迢》相并列而无愧。但是，剧中的当红歌星玛吉痛恨那些围在她周围的人只知让她为他们挣钱而丝毫不知感恩，并且影响她不能成为一名优秀的艺术家，加上她与昆廷结合后，因性格各异，时常发生碰撞，以致她厌倦生活，最后吞服安眠药自杀。玛吉俨然是玛丽莲·梦露的化身，剧情中也有多处可同米勒的往事相印证，因此有些西方评论家认为米勒在距离梦露死去不到一年半光景就把夫妇私情以戏剧方式赤裸裸地公之于世似嫌不符忠厚之道。例如剧评家罗勃特·布鲁斯就坦称此剧为"一个不足道的剧本，不匀称，冗长乏味而混乱"，并讥讽米勒是"在跳精神上的脱衣舞，而乐队却伴奏着'是我的错'的节奏"。^① 米勒本人认为这个剧本一时不易让人理解，但迟早会被公认为他的最佳之作。

同年，他还发表了一个独幕剧《维希事件》，进一步探讨了前一出戏的主题——人与他所憎恶的邪恶之间的关系，人类理智的沦亡和道义价值的丧失。这出戏描写德国法西斯分子在法国维希的一个拘留所里审讯犹太人时骇人听闻的情景。米勒认为大多数观众能理解这出戏不只是一个战争时期的故事，其中根本的争论点同我们当今活着的人息息相关，而且它必然涉及我们每个人同非正义和暴力之间的关系。

一九六五年至一九六九年，米勒连任两届国际笔会主席，曾多次投入拯救被关押的国内外同行的活动，如尼日利亚剧作家兼诗人渥雷·索因卡一九六六年曾被政府当局拘捕，有被处死的危险，就是经过米勒出面营救才得以获释的，后来索因卡在一九八六年荣获诺贝尔文学奖。

一九六八年，他发表的心理问题剧《代价》描写兄

---

① 《新共和》杂志第150期，1964年，第26—30页。

弟俩因所走的道路不同而产生的隔阂，对当代西方人盲目追求物质生活的现象作了一定程度的谴责。一九七二年他发表的《创世记和其他事业》是一出以漫画手法重述《圣经》中亚当和夏娃以及该隐杀弟的故事。剧名中的"其他事业"涉及当今舞台上追求"噱头"的喜剧。该剧虽是一出轻喜剧，却在每场提出一个哲理问题，如"人在需要正义的时候，上帝为什么继续制造非正义"等。全剧可以说是上帝和撒旦之间关于善恶性质的一场争论，而以《创世记》故事阐明各自的立场。米勒以讽刺的笔触使魔鬼在两者之间显得更具魅力，有时像人类的普罗米修斯，有时又颇像人间狂暴的独裁者。此剧受到西方剧评家的攻击，仅上演了十二场。米勒对此不服，次年又把它改编成音乐剧《来自天堂》，在他的母校密歇根大学公演。米勒于一九七二年当选为民主党全国大会代表。

一九七七年，他发表了《大主教宅邸的顶棚》，剧情是东欧某个国家一位知名作家由于写了一封信给联合国谴责自己国家内部的弊端而要么流亡，要么等待以叛国罪受审。最后他决定留下来，把部分手稿委托一位美国作家朋友偷运出去，尽管那位朋友可能会遭到当局的逮捕。场景是一间曾是大主教宅邸的房间，剧中人都相信顶棚装有窃听器。米勒借此隐喻人对自己的命运无法确知，人际关系的复杂，以及人不可轻信他人。

八十年代初，米勒受美国作家斯特兹·特克尔《艰难的日子：一部关于大萧条时期的口述历史》（一九七〇）一书的启发，写出一部以三十年代美国经济大萧条为背景的社会剧《美国时钟》，目的是使年轻一代美国人了解美国那一段悲惨的历史。一九八〇年，他还把以色列歌唱家法尼亚·费娜隆的回忆录改编成了一部电视剧《为了生存的演奏》，内容完全依据历史事实：法尼亚·费娜隆是一位有一半犹太血统的法国艺人，二次大战中被关进奥斯威辛集中营，由于她是巴黎夜总会的名歌星，集中营的女管理员发现后把她编入由女犯人组成的乐队，为纳粹军官演出。费娜隆因此而得以避免葬身煤气室的命运。费娜隆在战后定居以色列，一九七八年出版了她的回忆录，此书曾轰动一时，各国犹太人团体都曾借重她作为希特勒迫害犹太人的见证，抗议纳粹势力的复苏。但该片由于让一位公开反对以色列而支持巴勒斯坦的美国女明星范尼莎·赖特格莱主演，引起犹太人抗议的风波，后经多方磋商，才得以播出。西方评论界基本上对该片予以肯定，认为它是一部揭露希特勒排犹罪行、为犹太民族伸张正义的电视剧。

一九七八年，米勒夫妇来华访问，同我国戏剧界同行切磋艺事，回国后出版了一本反映中国人民生活的图文并茂的《访问中国》。一九八一年，上海人民艺术剧院上演了由黄佐临同志导演，米勒自己推荐的《炼狱》（演出时改名为《萨勒姆的女巫》）一剧。一九八三年，米勒再度来华，亲自导演了他的名剧《推销员之死》，由北京人民艺术剧院上演，获得很大成功。一九八四年，他出版了《"推销员"在北京》一书，记述了他在北京执导《推销员之死》一剧的经过，阐述了他对戏剧的精辟见解。

一九八二年，他发表的两个独幕剧《某种爱情故事》和《献给一位女士的哀歌》没有引起西方戏剧界的重视。两剧后在英国以《两面镜》为书名于一九八四年出版。一九八七年，他又推出两部独幕剧《往事如烟》和《克拉拉》，以《危险：回忆！》为书名出版。这两出戏于一九八七年二月八日开始在林肯艺术中心上演，受到好评。《往事如烟》描写两位老人之间的故事。女主人公莉奥诺拉是个阔寡妇，当她看到当今文明世界充斥着野蛮暴行和狂言时，感到幻想破灭，一切无望，遂到苏格兰隐居，有意想把现实中的严酷事实从记忆中驱逐出去。一天，她回到康涅狄格州乡间拜访老朋友利奥，晚餐时两人发生了争执。利奥是个共产党人，坚持致力他的政治事业，拒绝放弃信仰，对世界的未来充满希望。利奥同莉奥诺拉猜字谜时，诙谐地阐明了他对人类的看法，言谈中对她做出了巧妙的挑战。《克拉拉》一剧描写有关一起谋杀案的审讯。女社会工作者克拉拉被人暗杀，而凶犯又很可能是曾被她"平反昭雪"的罪犯之一，警察当局严厉盘问克拉拉的父亲，以图从他口中获取一些线索，但克拉拉的父亲始终对女儿的生活守口如瓶，不肯透露。剧中还穿插了对越南战争和大屠杀的回忆等。米勒说，这两出戏写的是"人们力图忘记过去，以及人们有意为忘却痛苦而采取的办法，但是这有时又会使你感到如负重罪，痛苦难熬，压得你喘不过气来"。显然米勒写此两剧旨在揭示当今西方世界的复杂的人际关系以及频频出现的暴力现象。

　　一九八七年，米勒还发表了他的长达五十余万字的自传《时移世变》，对他所走过的漫长曲折而又丰富多彩的生活和艺术道路做了深沉的回顾和反思，随带着也对人生、社会和历史做出了严肃的思考。书中有一段记载他一九八四年荣获华盛顿肯尼迪艺术中心荣誉奖，出席国务院招待肯尼迪荣誉奖获得者的宴会，官方主人是乔治·舒尔茨国务卿。由于国务院餐厅正在翻修，临时改在坎农办公大楼一间餐厅里举行，米勒恍惚觉得以前曾经来过那间屋子，后来发现那正是当年非美活动调查委员会审讯他的那间屋子，使他不禁感慨万千。米勒写道：

> 看来唯一使我有所感的是一种讽刺意味：一想到当年就是在这间屋子里，热浪滚滚的煤气曾经朝我迎面扑来，真叫我觉得这种讽刺冰冷得像金属块一样。我环视那些兴高采烈的来宾，那位容光焕发、面带微笑的国务卿，以及其他几位获此殊荣的知名人士，再一次觉得自己是个朝里张望的局外人，甚至觉得这一切不像是真的。我料想这大概是因为我体验过当年那种冷酷无情的排斥，势必不会轻易地就在这样的典礼盛会上领受对我如此和谐的祝贺。不

过，我还是能——怀着几分热情——享受这种兴高采烈的场面。也许我有一种幻觉，认为自己已经不再畏惧权势，已经跟它够接近了，足以认清权势所拥有的一切没有什么是我可要的。我以前对这个制度持续不断的善行所怀有的不少信念，现在也在内心泯灭了。在这两个场合中，唯一没有变化的是那面国旗，它如今挂在墙边的旗杆上面，也许就是当年挂在沃尔特议员脑袋后边的那一面；我回想起当时它如何叫我尽管放心，虽然我明白它对世间许多别人来说，象征着残酷的富裕和傲慢的蒙昧。但是，怎样才能在我这一生当中把这一切连贯起来呢？或许我只好满足于把这看成全是一场梦，一场不断流放和不断回归的梦吧。①

进入九十年代，米勒为避免他所谓的百老汇的"黑色失败主义"，开始在英国伦敦首演他一九九一年写的新剧《驶下摩根山》。剧中描述一个颇有声望的商人莱

---

① 阿瑟·米勒自传《时移世变》，第452页。

曼·费尔特驾车在摩根山上失事；他躺在纽约北部一家医院的病床上，他的两个妻子都去看望他，首次在病床边相遇，使他十分尴尬，从而在昏迷中进行反思，认识到自己所犯重婚罪的不可饶恕以及背叛行为的可耻。结局是两个妻子和他的子女都抛弃了他。评论界对此剧褒贬不一。米勒本想把此剧写成一部道德喜剧，却似乎没有达到预期目的。一九九三年和一九九四年，米勒又先后发表了独幕剧《最后的美国佬》和两幕剧《破碎的镜子》，进一步探讨了西方世界人与人之间的疏离、人的自我否定以及人对往事的遗忘等事实。米勒在《破碎的镜子》一剧中再次以鉴古知今的手法提醒人们勿忘当年希特勒迫害犹太人的罪行，对当今法西斯主义复苏的趋势勿持旁观态度。此剧获英国一九九五年度奥立弗最佳戏剧奖。

二

一般认为，《推销员之死》、《萨勒姆的女巫》、《两个星期一的回忆》、《桥头眺望》和《美国时钟》为阿瑟·米勒比较重要的剧作。

《推销员之死》

《推销员之死》是米勒第一部获得普利策奖的成功之作，也是使他享有国际声誉的代表作。此剧虽获得许多嘉奖，受到观众欢迎，但是当时也遭到不少攻击。报刊上出现许多从政治、社会和心理角度评论它的文章。有的认为此剧虽有批判美国商业制度的意图，但其结果不过是描绘了一个小人物的潦倒失败而已。另一右派刊物称它为"一枚被巧妙地埋藏在美国精神大厦内的定时炸弹"。还有的把米勒看成是"一个被悲剧所迷惑的马克思主义者"，称此剧是"共产党的宣传"。美国《工人日报》也认为它是一出内容颓废的戏。西班牙上演此剧后，天主教派报刊甚至把它视为"不信仰上帝的灵魂遭到幻灭的明证"。[①]

但是，美国某一推销员协会却把作者奉为自己的守护神，而另有一些推销员商会则抱怨说，由于它的影响，使他们在招聘新推销员时遇到了困难。好莱坞曾不惜耗资百万把它拍成电影，却又害怕它在社会上

---

① 罗伯特·阿·马丁编《阿瑟·米勒戏剧散文集》，维京出版社，1978年，第140页。

引起不良后果，挖空心思在正片前加演一部文献纪录片，特意说明推销业对社会经济是多么地重要，推销员的生活是多么有保障，而正片中的主角只不过是极其个别的例子而已。

米勒在与《纽约时报》记者的一次谈话中强调他写此剧的主要动机是想"维护个人的尊严"。他还在一篇文章中说，此剧"自始至终贯串着一个人在世态炎凉的社会中生存的景象。那个世界不是一个家，甚至也不是一个公开的战场，而是一群克服失败的恐惧、前途无量的人物的盘踞地"①。一九八三年，米勒在北京时又说："我是要探索如何通过一出戏反映社会、家庭和个人的现实，以及人的梦想。写这出戏时，我抛开了一切顾虑，只追求写出反映真实的内容……这出戏一直保持着它的影响，因为它反映了这个混乱的现代社会中各种自相矛盾的现象，包括精神生活方面的自相矛盾。"② 在他的自传中，米勒还透露道：

---

① 罗伯特·阿·马丁编《阿瑟·米勒戏剧散文集》，第143页。
② 《阿瑟·米勒在〈外国戏剧〉编辑部做客》一文，北京《外国戏剧》，1983年，第3期，第7页。

我在写作过程中嗤嗤发笑，主要是针对威利那种彻头彻尾自相矛盾的心理，正是在这种笑声中突然有一天下午冒出了这出戏的剧名。以往有些剧本，诸如《大主教面临死亡》、《死亡和处女》四部曲等——凡是剧名带有"死"这个字眼儿的戏素来都是既严肃又高雅的，而现在一个诙谐人物，一大堆伤心的矛盾，一个丑角，居然要用上它啦，这可真有点叫人好笑，也有点刺目。对，我的脑海里可能隐藏着几分政治；当时到处弥漫着一个新的美利坚帝国正在形成的气氛，也因为我亲眼见到欧洲渐渐衰亡或者已经死亡，所以我偏要在那些新头目和洋洋自得的王公面前横陈一具他们的信徒的尸体。在这出戏首演那天晚上，一个女人，我姑且隐其名，愤恨地把这出戏称作"一枚埋在美国资本主义制度下面的定时炸弹"；我倒巴不得它是，至少是埋在那种资本主义胡扯的谎言下面，埋在那种认为站在冰箱上便能触摸到云层、同时冲月亮挥舞一张付清银行购房贷款的收据而终于成功之类的虚假生活下面。[①]

总之，米勒在此剧中有意无意地戳穿了美国社会流行的人人都能成功这一"美国梦"的神话。

《萨勒姆的女巫》

《萨勒姆的女巫》描写的是一六九二年在北美马萨诸塞州萨勒姆镇发生的迫害"行巫者"的案件。当时那里居住着一支盲信的教派（清教徒），形成一种政教合一的统治，他们排斥异教徒，制定了自己的清规戒律，禁止任何娱乐活动，实行禁欲主义。一场"逐巫案"就是在这种基础上发生的，而在这场骗局的背后则是富豪们对土地的吞并和掠夺，结果酿成了萨勒姆镇的一场四百多人被关进监狱、七十二人被绞死的悲剧。米勒在此剧中成功地塑造了男主人公普洛克托的英勇形象，他被人诬陷，遭宗教法庭处以重罪投进地牢。他虽有强烈的求生欲望，却不愿以出卖朋友、出卖灵魂为代价换取屈

---

① 阿瑟·米勒自传《时移世变》，第184页。

辱的生存，最后毅然走上绞刑架。他以自己的死严正宣告了人的尊严和正直的美德是不可侮的，因而也是不可战胜的；而宗教束缚和神权压迫则违背人性，是反人道反科学的，因而是腐朽的，必然会灭亡的。

五十年代初美国麦卡锡主义猖獗一时，米勒本人也屡次受到非美活动调查委员会的传讯，并被判处"藐视国会"罪。因此，关于《萨勒姆的女巫》，西方一般剧评家都认为米勒是有意识地借这部关于宗教迫害的剧本影射当时非美活动调查委员会对无辜人士的政治迫害。米勒承认有此意图，但强调此剧具有远比只是针砭一时的极右政治更为深远的道德涵义，旨在揭露邪恶，赞颂人的正直精神。美国剧评家马丁·哥特弗里德认为此剧"可与米勒自己在美国众议院非美活动调查委员会上作证时英勇不屈、慷慨陈词的表现相提并论。作为一部戏剧作品，它结构匀称，充满激情；作为一部伸张正义的作品，它具有一种罕见的庄严气氛"。

《萨勒姆的女巫》于一九五三年在美国纽约上演后，受到观众热烈的欢迎，荣获安东纳特·佩瑞奖。一九五七年，法国著名作家让-保罗·萨特把它改编为电影剧本。一九六二年，苏联斯坦尼斯拉夫斯基剧院在排演时强调了剧作的现代影响：爱好自由的人类精神对抗邪恶和反动势力的胜利。一九六五年，英国老维克剧团由著名戏剧家劳伦斯·奥立弗执导并主演此剧，轰动一时。此剧还曾在其他许多国家上演，卖座率始终不衰，成为阿瑟·米勒的一部最能持久上演的剧本。

一九八一年九月，上海人民艺术剧院将这出戏搬上我国舞台；黄佐临先生亲自执导，深刻发掘剧本本质，并给予鲜明的舞台体现，得到历经十年浩劫的我国观众深刻的理解。一位观众写信道："欣赏阿瑟·米勒这出名剧，得到一次高级的享受，十分感谢！为了维护政教合一，为了巩固其蛮横不合理的统治，不惜愚昧乡民，造谣诬陷，草菅人命，前两幕揭露已很有力，后两幕则更为深刻。"[①] 另一位观众在信中感慨地说："历史常有惊人的相似之处，这个教训太深刻了，历史悲剧不能再重演！"[②]

《两个星期一的回忆》

此剧自传性浓厚，写的是纽约一家汽车零件批发公

---

① 《星期六评论》，1979 年。
② 《谈佐临导演的〈萨勒姆的女巫〉》一文，北京《外国戏剧》，1982年，第 2 期。

司顶楼发货室里职工工作的情况。他们浑浑噩噩地过日子，有的酗酒、寻欢作乐，有的胸无大志、过一天算一天，有的因年老体衰即将被老板辞退。青年职工伯特（当年作者本人）无限感慨地说："每天早晨看到他们为什么使我伤心泪下？这就像是在地铁里，每天看到同一些人上，同一些人下，唯一的变化是他们衰老了。上帝！有时这真把我吓呆了；我在这个世界上，就像在一个偌大的房间里来回冲撞，从南墙到北墙，从北墙到南墙，永远没有个头啊！就是没有个头啊！"伯特后来攒够了钱去上大学，临行时向大家告别，但他们却忙于干活儿，对他离去毫无表示，他只得默默地走了。

有些英美剧评家认为这出戏像"活报剧"，是在批评人生的绝望和悲哀。米勒不同意这种看法，并称此剧是一出"哀婉的喜剧"，或是一部本世纪三十年代的文献记录。"我写这部剧本部分原因是想再体验一次那种公开而赤裸裸的贫困现实，同时也希望为自己表明希望的价值，以及为什么要产生希望，还有那些至少懂得如何忍受那种毫无希望的痛苦的人们所具有的英雄品质。"[1] 他

---

① 罗伯特·阿·马丁编《阿瑟·米勒戏剧散文集》，第164页。

认为剧中所谈的是"人生需要有一点诗意",而且还承认他特别偏爱这出戏。

《桥头眺望》

此剧最初为独幕剧,一九五五年在美国上演并未受到重视,后米勒把它修改成两幕剧,于一九五六年在伦敦和巴黎上演时才获得成功。全剧写的是三十年代美国的意籍移民的生活。两名意大利年轻兄弟因在家乡失业而非法进入美国,暂居已归化为美国人的亲戚埃迪家中。哥哥挣钱寄回老家养活妻儿老小;未婚的弟弟却同埃迪养大的外甥女产生了恋情,遭到埃迪变态的妒忌和反对,并招致他向移民局告发,兄弟俩均被扣押。在保释期间,哥哥由于埃迪断送了他的生活出路而在一次争斗中把埃迪刺死,酿成一场悲剧。美国进步报刊当时曾给该剧以好评,认为米勒在此剧中有如实反映美国工人阶级生活的一个侧面的意图。

米勒说这出戏是他根据一桩真人真事写成的,他认为剧中的主人公埃迪"并不是一个值得让人哀怜同情的人物,此剧也无意使观众落泪。但是,它却有可能使我们把埃迪的举动同我们自己的举动联系起来反省,从而更好地剖析自己，认识到我们不仅仅是一些孤立的心理实体，而是同自己同胞的命运和悠久的历史密切相连的"①。此剧仍属于米勒一贯喜爱创作的社会道德剧，其中探讨了人性、人的尊严以及新旧道德概念和法则之间的冲突。在写作手法上，米勒在剧中安排一名律师来穿插叙述案情，起到了类似希腊悲剧中合唱队的作用。

《美国时钟》

此剧是米勒以三十年代美国经济大萧条为背景写出的一个社会剧。据他本人说，他是受美国作家斯特兹·特克尔《艰难的日子：一部关于大萧条时期的口述历史》一书的启发，经过多年酝酿才写成这出戏。特克尔通过他所访问的众多普通美国人的口述，以新闻体裁生动地反映了三十年代那场席卷整个资本主义世界的经济危机给美国人民精神和生活带来的灾难，而米勒则把这一惊心动魄的悲惨景象更为真实地再现于舞台。全剧人物多达四十余个，几乎囊括了美国社会各阶层人士。有

---

① 阿瑟·米勒《桥头眺望》修订本前言。

的美国剧评家由此而认为剧作家没有着重刻画三两个主人公的面貌，是此剧的一项缺陷，殊不知米勒的意图正在于说明那场危机"几乎触及了所有的人，不管他住在什么地方，也不管他处于什么样的社会地位"，他用戏剧形式在观众面前展现了一幅文献性壁画，侧重灾难的全貌，从而重振人们的尊严和信心。这种形式早在布莱希特的一些剧本和多斯·帕索斯的那部《美国》三部曲小说中有关新闻短片的章节里就已出现过，米勒则把它做了进一步的发挥。

米勒的剧本一向具有自传性质。由于他目睹了那场危机，《美国时钟》中的许多场景可以说是他根据回忆记录下来的真实情景，例如剧中人李中学毕业后因家庭生活拮据而不得不辍学进入工厂工作，就是他自己的一段亲身经历。又如米勒参加过当时的左翼运动，剧中一些青年钻研马克思和恩格斯著作，追求进步思想，尽管个别人有糊涂思想，也不足为怪，它仍然可以说是米勒对当时美国青年思想面貌如实的写照。尤其值得称道的是，全剧阐述了美国人民经历了那次浩劫后终于认识到"这个国家其实是属于他们的"。以这一思想转变作为全剧的结尾，说明米勒在创作思想上已突破了过去那种仅仅局限于描写资本主义社会中推销员等小人物的个人悲欢离合的狭隘题材。米勒写此剧的动机，无疑是想告诫美国人民，尤其是青年一代，不要在虚假的繁荣景象中忘却过去沉痛苦难的历史，其用心良苦使《美国时钟》具有较深刻的教育意义。

此外，米勒在这出戏的剧作手法上，也沿袭了他所惯用的倒叙穿插、不受时空限制的技巧，而且运用得更加自如。该剧布景简朴，场景转换迅速，道具由演员带上舞台，充分发挥舞台灯光的效果，这一切都显示出这位老剧作家仍然在不断探索戏剧创作的新手法。

《美国时钟》一九八〇年五月首演于南卡罗来纳州的斯波莱托戏剧院，十一月移至纽约百老汇，但仅上演了十二场，未受到应有的重视。米勒并未气馁，对剧本做了精心的修改，于一九八四年奥运会前夕在洛杉矶马克·泰珀剧院再度公演，终于获得好评。同年英国伯明翰的轮换剧目剧院也上演了这出戏。《卫报》评论道："与其说它是一出传统剧，毋宁说它是大萧条期间万花筒般的美国社会史。这出戏很可能不是米勒的杰作之一，但它表现了戏剧概括时代基调的力量。"一九九五年，英国阿瑟·米勒研究专家克里斯托弗·比格斯贝编辑的《阿瑟·米勒剧本选》（轻便本）中选入的《美国时钟》，又经米勒重新做了修订。

三

除去剧本，米勒还写过小说《焦点》、《我不再需要你：短篇小说集》和儿童读物《珍妮的毯子》等。他一九八七年发表的《时移世变》（自传）约五十余万言，堪称近年来美国出版的一本优秀自传。

在自传中，米勒叙述了犹太裔祖代从波兰移居新大陆后的创业经过以及父亲在三十年代初经济大萧条时期破产而由母亲典当求告挽救家庭困境的惨状，继而回忆了自己中学毕业后四处打工，干过不少种苦力活儿，一度幻想当歌星，后来积攒些钱进入密歇根大学学习，迷上戏剧，逐步成为剧作家的经历。在这期间，他接触到马克思主义，寄希望于苏联和社会主义，并积极从事左翼文艺和反法西斯等进步活动，导致五十年代中期遭到非美活动调查委员会的传讯，并被判处"藐视国会"罪。嗣后他参加了反越战运动，又积极投入国际笔会的活动。

书中详尽阐述了他一贯反对百老汇商业化戏剧的观点，他对戏剧所持有的精辟独到的见解，以及他创作每部剧作的艰苦历程。对众多同时代的剧作家、小说家和诗人（包括奥尼尔、奥德茨、威廉斯、海尔曼、斯坦贝克、梅勒、贝娄、庞德和弗罗斯特等人），他都给予不人云亦云的评价。他也接触到许多戏剧和电影界的导演和演员，诸如哈里·霍恩、伊莱亚·卡赞、李·斯特拉斯堡夫妇、劳伦斯·奥立弗和克拉克·盖博等人，对他们都作了细致而有趣的描绘。书中也包括了他的三次婚姻，首次披露了他与梦露一段姻缘的恩恩怨怨。他以深切同情的笔触描述了孤女出身的梦露受尽社会压力的折磨和别人的剥削、身心忧郁而艰苦奋斗的一生，批驳了外界对梦露的歪曲宣传。此外，他也欣慰地谈到他与奥籍摄影师英格博格·莫拉斯结合后互敬互爱的美好生活。

　　在写作结构上，米勒没有严格采取按年代顺序平铺直叙的手法，而是把一生事迹前前后后、纵横交错地穿插叙述，有时两三件事交叉进行，环环相扣，恰到好处，真有点像《推销员之死》的主人公威利·洛曼脑海中那种过去与现在的事交错闪现那样，或者说更像电影画面淡入淡出交叉隐现的技巧。这种新颖手法无疑使这部自传别具一格，使读者不觉得枯燥乏味。米勒的文笔犀利，隽永流畅，时而还充满诙谐幽默感，颇有契诃夫的风格（契诃夫是米勒最崇敬的两位作家之一，另一位是托尔斯泰）。在回顾往事时，他还夹叙夹议，其中不少富有哲理的涵义，发人深省，甚至可以使人从中得到启发和教益。

这部自传不单单是个人的感人肺腑的故事，而且近乎是一部当代美国社会编年史，为读者了解二十世纪美国文坛、剧坛以及美国社会不断演变的情况提供了丰富而珍贵的资料。

四

阿瑟·米勒不仅是美国当代著名剧作家，而且也是一位卓越的戏剧理论家。他论述戏剧的文章已由密歇根大学罗伯特·阿·马丁教授编成《阿瑟·米勒戏剧散文集》，于一九七八年出版，在西方戏剧界颇有影响。

米勒跟奥尼尔一样，创作的剧本多半是有关普通人的悲剧，他认为普通人与帝王将相同样适合作为高超的悲剧题材，但是他又不赞成把悲剧写成悲怆剧，在他看来，悲剧和悲怆剧之间的主要区别在于悲剧不仅给观众带来悲哀、同情、共鸣甚至畏惧，而且还超越悲怆剧，给观众带来知识或启迪。他认为悲剧是对为幸福而斗争的人类最精确而均衡的描绘，"因为悲剧是我们拥有的最完美的手段，它向我们显示我们是什么样的人，我们必须做什么样的人，或者我们应该力争做什么样的人"①。他也不同意那种认为悲剧作家都具有悲观主义的论调，"悲剧事实上所包含作家的乐观主义程度要比喜剧还要多，悲剧的最终结局应该是加强观众对人类的前景抱有最光明的看法"②。米勒这种见解无疑会加深人们对悲剧的理解。

米勒一贯反对西方商业化、纯娱乐性的庸俗戏剧，而坚信戏剧是一种反映社会现实的严肃事业。他认为剧作家如果不去调查社会作为一个明显而关键的部分所具有的全部因果关系，就不可能创作出一部真正高水平的严肃作品。米勒一九五六年曾经在一篇题为《现代戏剧中的家庭》的文章里感叹道：

---

① 罗伯特·阿·马丁编《阿瑟·米勒戏剧散文集》，第11页。
② 同上书，第6页。

在过去的四五十年里，一般的现实主义遭到了攻击——原因在于它不能美妙而自如地在私人生活和社会生活之间越来越扩大的鸿沟上架起桥梁。表现主义对这也解决不了，因为它完全抛却心理上的现实主义而跨跃到单独描绘社会力量那一方面去了，从而使问题遗留下来。所以我们现在的许多剧本都或多或少具有颓废的气氛；在过去的十年里，这些剧本越来越趋向单独详述心理因素，而很少或无意把人物的社会作用和冲突弄清并加以戏剧化。任何一位明智的人显然都明白人类的命运是社会性的，所以把那些摒弃社会的作品归结为腐朽是恰当的。[①]

此外，米勒还曾说过："社会在人之中，人在社会之中，你甚至不可能在舞台上创造出一个真实描绘出来的心理实体，除非你了解他的社会关系。"米勒的这种观点，即人的命运是社会性的，舞台应是一个较之单纯

[①] 罗伯特·阿·马丁编《阿瑟·米勒戏剧散文集》，第82页。

提供娱乐更为重要的传播思想的媒介，它应该为一个严肃的目的服务，是值得称道的。米勒在他改编的《人民公敌》序言中呼吁道："剧作家必须再次表明有权利以他的思想和心灵来感染观众。公众也有必要再次认识到舞台是一个传播思想和哲学、极为认真地探讨人的命运的场所。"①

不过，米勒不赞成在剧作里干巴巴地说教。他主张戏剧应当使人类更加富有人性，也就是说，戏剧使人类不那么感到孤独。

在艺术创作手法上，阿瑟·米勒曾说他是"规规矩矩地以传统的现实主义为基础，而且试图使用各种方式来扩展它，以便直接甚至更猝然、更赤裸裸地提出隐藏在生活表面背后的、使我感动的事物"②。确实如此，米勒多次巧妙地运用了表现主义和象征主义等方式，丰富了他的现实主义创作。他一直在不断地探索，不断地创新。

米勒对马克·吐温做出过这样的评论："他并非在利用他那种跟同时代的公众幻觉相疏离的态度来抗拒他

---

① 罗伯特·阿·马丁编《阿瑟·米勒戏剧散文集》，第17页。
② 同上书，第167页。

的国家，好像没有它也能生存似的，而显然是想借此来纠正它的弊端。"① 这恰恰也适用于米勒本人，正是他本人的写照。

一九七九年美国著名剧评家马丁·哥特弗里德在《星期六评论》杂志上撰文称米勒的《推销员之死》、《萨勒姆的女巫》和《桥头眺望》是"三部气势宏伟的剧本，具有显示人性的广泛内容，却又高于现实生活，因为它们诗意盎然并具有崇高的道德力量。毫无疑问，阿瑟·米勒是美国戏剧的良心"。他认为世界上只要还有舞台存在，这三出戏就会上演，传之不朽。

梅绍武

一九九七年初稿
一九九八年六月校订

---

① 阿瑟·米勒为《马克·吐温牛津选本》（牛津大学出版社，1996年）写的前言。

美国时钟

献给英格和丽贝卡

两幕剧

剧中人物

阿瑟·罗伯逊

克拉伦斯，擦鞋匠

李·鲍姆

莫·鲍姆，李的父亲

罗丝·鲍姆，李的母亲

弗兰克，鲍姆家的司机

范妮·马戈利斯，罗丝的妹妹

外公，罗丝的父亲

罗斯曼医生

威廉·杜兰特

杰西·利弗莫尔 } 金融家

阿瑟·克莱顿

托　尼，一家非法的秘密酒馆的老板

侍　者

黛安娜·摩根

亨利·泰勒，农场主

泰勒太太，泰勒的妻子

哈丽娅特，泰勒的女儿

布鲁斯特，农场主

查理，农场主

农场主甲

农场主乙

布莱德利法官

弗兰克·霍华德，拍卖商

西德尼·马戈利斯，范妮的儿子

多丽丝·格罗斯，房东太太的女儿

乔，少年时代的朋友

拉尔夫 } 学生

鲁　迪

伊莎贝尔，妓女

瑞　安，联邦救济办事处主管

马修·瑞·布什

格雷丝

卡普什

杜　根 失业救济办事处的来访者

艾　琳

托　兰

露　西

伊　迪，连载漫画作家

露西尔，罗丝的外甥女

斯坦尼斯劳斯，海员

艾萨克，便餐馆老板

警长

法警若干

钢琴搬运工

第一幕

布景灵活机动，演员在不受限定的场地活动。几样需要的道具应由演员随身当众带上场。舞台周围应给人一种辽阔无垠的印象，仿佛整个国土都是布景，即使在提供了某些熟悉的场所的场景时也是这样。背景可以是天空、云朵、空间本身，或者可以给人一幅美利坚合众国地形的印象。

灯光照在李·鲍姆身上，他出场面对观众，年纪五十多岁，头发开始灰白，身穿花呢上衣，有点儿像大学预科生的模样，是一名新闻记者。

李　美国只有两次大灾难可以称得上是真正全民性的。我指的不是第一次或第二次世界大战，也不是越南战争甚至独立战争。只有南北战争和经济大萧条才差不多触及了所有的人，不管他住在什么地方，也不管他是什么社会地位。（稍停）我个人相信，我们至今心有余悸，害怕那种危机又会在事先毫无警告的情况下突然再度降临。而这种恐惧，以一种我们很少意识到的方式，仍然埋伏在所有……（阿瑟·罗伯逊已经上场。他七十多岁，是一位企业家，身穿蓝色运动上衣和白色高领衫，脚蹬一双白鞋，手里拿着一根手杖，脸上通常带着讽刺的笑容）

罗伯逊　对不起，可我认为那种崩溃真的不大可能再出现啦。我指的不单单是证券市场。我要说的是人们在情感上的崩溃。一九二九那年，人人有个共同的信念，那就是每个美国人都必然会一年比一年富裕起来。如今，人们可世故多了，他们预计生活中会出现起伏，他们比以往更爱怀疑……

李　是怀疑呢，还是深怕一切又会突然垮下来，全部失去控制呢？

罗伯逊 反正甭管是什么，你只要有头脑，总能摆脱困境的。我在经济大萧条那一时期赚的钱可比我以前赚的还要多。而且我认为我为什么没有在那场大崩溃中完蛋，倒是一件挺有意思的事。一九二七年——经济繁荣的高峰时期——我看到一条消息，说莱特航空公司正在制造载着林德伯格飞越大西洋的飞机。我就立刻买了莱特的股票。一个早晨的工夫，股票上涨了六十七个点。也就是在那天，我便不再相信繁荣的持久性了。只有幻觉能在三个小时之内自身增值六十七倍，我开始从证券市场撤出来。不到两年，莱特的股票便遍地都是了。（罗丝·鲍姆出现，轻轻弹着钢琴，一柱罗曼蒂克的灯光照在她的身上）

李 （一见到她就很激动）可是有些人就是因为深信不疑而没能及时脱身。全心全意地相信。对他们来说，午夜的时钟永远不会敲响，舞蹈和音乐永远不会终止……

罗伯逊 （悲伤地回忆）哦，我知道，是的——那些满怀信心的人。（克拉伦斯，一个黑人擦鞋匠上，他把鞋箱放下。罗伯逊朝他走过去，李则朝罗

丝走去)怎么样，克拉伦斯?（把脚搁到鞋箱上，拉下他那顶灰白色的假发套，扔向后台——这当儿，他只有四十几岁）

罗　丝　（对着李)唱啊，亲爱的!

　　　　　　　[李把他那顶灰白色的假发套扔向后台，带着少年的神气……唱《我只是个流浪情人》的头一句……照在罗丝和李身上的灯光灭。

克拉伦斯　（从兜儿里掏出钞票)罗伯逊先生，我想再买十块钱的通用电气公司的股票。您能帮我买吗?

　　　　　（把钞票交给罗伯逊）

罗伯逊　你现在有多少股票了，克拉伦斯?

克拉伦斯　嗯，这十块钱应该能给我买到价值一千块的股票吧，那么我总共大概有价值十万块的股票。

罗伯逊　你家中有多少现款呢?

克拉伦斯　唔，可能有四十、四十五块钱吧。

罗伯逊　（稍顿)那么，克拉伦斯，我告诉你点事吧。可你得保证决不向任何人说起。

克拉伦斯　您指点我的话，我从来也不对别人说，罗伯逊先生。

罗伯逊 这可不是什么指点，你也许可以说它是个瞎指
　　　　点。把你的股票收拾一下，马上全部卖掉吧。

克拉伦斯 卖掉！那怎么今天早晨报纸上，安德鲁·梅
　　　　隆①先生说股票行情还得看涨呐。还得涨！

罗伯逊 我十分景仰安德鲁·梅隆，克拉伦斯，可他深
　　　　深陷在那种把戏里，不能自拔了——他非得那么说
　　　　不可啊。卖掉吧，克拉伦斯，相信我。

克拉伦斯 （直起身子）我向来不爱批评主顾，罗伯逊
　　　　先生，可我认为像您这样有地位的人，不该说这样
　　　　的话！您眼下把这十块钱接过去，替克拉伦斯压在
　　　　通用电气股票上面。

罗伯逊 告诉你一件有趣的事，克拉伦斯。

克拉伦斯 啥事，先生？

罗伯逊 你说话的口气倒挺像随便哪一位美国银行
　　　　家咧。

克拉伦斯 那敢情好！

罗伯逊 嗯，那好吧……改天再见。（下。克拉伦斯也

---

① Andrew Mellon（1855—1937），美国企业家和金融家，1921 至
1932 年任财政部部长。

拎起鞋箱下。灯光照在坐在钢琴旁边的罗丝身上，她已穿戴整齐，准备呆会儿出门。她轻轻弹奏着《我只是个流浪情人》。舞台中央放着两个旅行袋）

李　（一边瞧着罗丝，一边脱掉外衣，把裤脚往上披成灯笼裤式样）林德伯格因为有信心才飞越大西洋；贝比·鲁斯因为有信心才不断打出本垒打；一个名叫格特鲁德·埃德尔的肩膀奇宽的女人也因为有信心才游过英吉利海峡；查利·帕多克，世界上最快的人，跑赢了赛马——也因为他有信心。一天下午，母亲回到家，她把她那一头我一直对它信心十足的美丽的长发剪短了。（罗丝唱起《我只是个流浪情人》的头一句。李试着跟她合唱，可他的嗓音发颤。她停下来）

罗　丝　你怎么啦?（他只摇摇头——"没什么"）唉，老天爷！如今没人再为长头发操心了。我要做的无非是把它盘上去，把它梳下来，这样来回折腾……

李　哦，没关系！我只是没想到真的……给剪短了！

罗　丝　为什么就不能换个新花样呢！

李　　可您为什么不事先告诉我一声呢？

罗　丝　因为我就是告诉你，你的反应也准会跟现在一样！大惊小怪的，搞得我倒像个不知好歹的人！得了，别再犯傻啦，唱吧。（李又开始唱）你没换气儿，亲爱的。（莫上，他身穿燕尾服，手里拿着一台电话机）

莫　　特拉法尔加5，7—7—1—1。（他加入到他们的歌声中。身穿司机制服的弗兰克上，站在一旁拍手叫好）

罗　丝　鲁迪·瓦利①的脸儿渐渐发青。

莫　　（冲着电话机）赫伯？我正考虑，也许我该再买五百股通用电气股票——好。（挂上电话）

弗兰克　鲍姆先生，汽车准备好了。

罗　丝　（对弗兰克）你先把我们送到剧院，然后再送我父亲和妹妹到布鲁克林，散戏的时候你再来接我们。可千万别迷了路。

弗兰克　不会的，布鲁克林一带我挺熟。（拿起行李

<hr>

① Rudy Vallee（1901—1986），美国歌手，代表作《我只是个流浪情人》。

下。罗丝的妹妹范妮上，她手里拿着四根手杖和两个帽盒)

范　妮　(忧虑地)罗丝……听我说……爸爸真的不愿意搬走。(莫慢慢转过身来，扬起眉毛；罗丝也同样感到惊讶)

罗　丝　(对范妮)别糊涂了，他在这儿已经住了六个月啦。

范　妮　(担心地小声说)我是在告诉你……他对这样做心里不痛快。

莫　(对这种冷嘲大不以为然)他是不痛快。

范　妮　(对莫)嗯，你知道他多么喜欢宽敞啊，这套公寓又是那么宽绰。

莫　(对李)你知道，他给自己买了块坟地，还非得是公墓里坐落在通道上的墓穴。这样好让他多有点活动空间……

罗　丝　哦，别胡扯了。

莫　……可以进去之后再出来得快一点。

范　妮　从坟墓里出来?

罗　丝　哎呀，他这是在跟你打哈哈呐!

范　妮　哦!(对罗丝)我猜他是怕我家太小；你要知

道，我的三个女儿，儿子西德尼，再加上我们两口子，就只有一个卫生间。再者，他到了布鲁克林，又有什么可干的呢？他一向就不喜欢乡下。

罗　丝　范妮，亲爱的——拿定主意吧——他跟你在一块儿就会喜欢乡下啦。

莫　听我说，范妮，也许我们全家都应该搬到你们家去，让他一个人独占这里的十一间屋子，每天咱们派个女用人来这儿给他洗洗衣服……

范　妮　他眼下正在梳理头发呐，罗丝，可我知道他心里不痛快。我明白这是怎么回事，要知道他还在想念妈妈呐。

莫　这可就严重了——像他这么大年纪的人还想念妈妈……

范　妮　不对，是说我们的母亲——我们的妈妈。（指着莫，几乎笑起来，对罗丝说）他还以为爸爸想念自己的妈妈呐！

罗　丝　没有，他在跟你闹着玩儿呢！

范　妮　嘻，你这个家伙……（她打了莫一下）

罗　丝　（陪她走到通道）快去催催他。我不想误了头一场戏，都说那场戏好极了。

范　妮　你瞧，这儿总会有点什么事儿，可你知道，我们家就……非常安静，对不对？

莫　（打电话）……特拉法尔加5，7—7—1—1。

范　妮　……我指的是证券市场和商业……爸爸就喜欢这些！（外公上，他穿着一套笔挺的服装，拿着手杖，胳臂上搭着大衣。外表很整洁、得体，可是神情颓丧。他委屈地停下来。范妮，恭敬地）准备好了，爸爸？

莫　（对外公）过些日子再见，查理！（冲电话）赫伯？也许我应该把沃辛顿水泵公司的股票脱手。哦……一千股吗？另外别忘了提醒我跟你谈谈黄金的事啊——好的。

范　妮　（和罗丝一起给外公穿上大衣）罗丝每隔几天会来看望您，爸爸……

罗　丝　星期天，我们一家子都来陪您一整天。

外　公　布鲁克林遍地都是西红柿吧。

范　妮　如今没那么多了，您都会觉得纳闷儿。人家现在正开始盖公寓大楼呐；几乎一点儿都不像乡下了。（又愉快地再次保证）有些街道简直连一棵树都没有了！（看到罗丝的钻石手链，对她说）我在瞧你那条手链呐！是新的吗？

罗　丝　是生日礼物。

范　妮　太华丽了。

罗　丝　他也给他母亲买了一条。

范　妮　那她一定高兴得不得了。

罗　丝　（冲莫冷笑一下）那当然啦。

外　公　（突然绝望地宣布）好了，现在我该走啦！（不
　　　　满意地摇着头，开始朝外走）

李　再见，外公！

外　公　（走到李跟前，把面颊凑过去，李吻他一
　　　　下，他捏捏李的脸蛋儿）乖点啊。（他跨着大步走
　　　　过罗丝身前，生气地从她手中抓过自己的帽子，
　　　　下）

莫　咱们的房客走了。我总算盼到了这一天！

罗　丝　（对李）要不要跟我们一块儿出门兜兜风？

李　我想还是呆在家里摆弄我的收音机吧。

罗　丝　也好，早点儿上床睡觉。我会把戏里面的歌儿
　　　　都带回来，赶明儿咱们一块儿唱。（吻别）再见，
　　　　亲爱的。（她往胳臂上搭一件毛皮披肩，大摇大

摆地走出去）

莫　（对李）你干吗不去理个发？

李　理过了。可能又长长了。

莫　（觉察到李的身量）你该跟你妈谈谈上大学什么的
　　了吧？

李　哦，还没有呐，一两年之内不会谈。

莫　嗯，那好，就这样吧。（他笑着走出去，完全是
　　一帆风顺的得意派头。罗伯逊出现，走到一张
　　没有扶手的躺椅前，在上面躺下来。罗斯曼医
　　生出现，坐在罗伯逊脑袋后面的椅子上）

罗伯逊　昨天我谈到哪儿了？

罗斯曼医生　您母亲烫伤了那只猫。（停顿）

罗伯逊　还有别的事呢，大夫。我觉得难以启齿……

罗斯曼医生　咱们在这儿就是为了解决这一点。

罗伯逊　我并不是泛泛所指。那事跟钱大有关系。

罗斯曼医生　是吗？

罗伯逊　您的钱。

罗斯曼医生　（惊讶地朝下瞧着他）怎么啦？

罗伯逊　（犹豫地）我认为您应当脱离证券市场。

罗斯曼医生　脱离证券市场！

罗伯逊　把您的股票统统卖掉。

罗斯曼医生　(停顿。抬起头来思考，谨慎地说)您能谈谈这个想法的道理吗？您从什么时候开始有这个念头的？

罗伯逊　大约四个月前，五月中旬左右。

罗斯曼医生　您能记起是什么事引起您这个想法的？

罗伯逊　我的企业当中有一家公司专门生产厨房用具。

罗斯曼医生　是在印第安纳州的那一家吗？

罗伯逊　对。五月中旬，我们的订单全都中断不再来了。

罗斯曼医生　全都中断了吗？

罗伯逊　一张也不来了。现在已经是八月底，还没见恢复。

罗斯曼医生　那怎么可能呢？股票行情还在上涨啊。

罗伯逊　不到两个月上涨了三十点；大夫，这就是我很久以来一直想告诉您的一件事——证券市场只象征一种精神状态，其他什么也不代表。(坐起身来)另一方面，我还必须面对一种可能性，那就是，这只是我个人的想入非非……

罗斯曼医生　对，您一直有一种害怕灾难接近的恐惧。

罗伯逊 可我在摩根银行开了整整一个星期的会，差不多所有的企业都面临这种状况——仓库爆满，货物没法挪动，这是一个客观事实。

罗斯曼医生 您把您的想法告诉您的同事了吗？

罗伯逊 他们听不进我的话。也许他们办不到——我们一直在把整个国家像掷骰子一样掷在赌桌上，掷的人谁都不希望输掉赌局……两年前，我卖掉不少股票，可等明天市场一开盘，我就要把其余的也都抛出去。为此，我心中感到内疚。可我看不出有什么别的法子。

罗斯曼医生 为什么卖出使您感到内疚呢？

罗伯逊 一下子抛出一千两百万的股票会造成市场很大的波动，会使成千上万的寡妇和老人破产……我甚至考虑过要不要发表一份公告。

罗斯曼医生 可那本身就会导致行情下跌，不是吗？

罗伯逊 但这至少可以提醒一下那些小老百姓啊。

罗斯曼医生 （越来越担心）可是……结果可能是您得对这场暴跌承担全部责任。

罗伯逊 可我明知情况不妙而不吭声，也同样要负责任，对不对？

罗斯曼医生　没错，不过悄悄卖掉可能不会给市场带来太大的干扰。您也可能判断错误。

罗伯逊　我想也是。对……也许我光卖掉而不吭声。您说得对。我也许判断错误。

罗斯曼医生　（宽慰地）您很可能是错了——可我想我还是把股票也都卖掉吧。

罗伯逊　那太好了，大夫。（站起身来）还有一件事。这事听起来也可能完全是胡说八道，不过……等您一拿到现款，千万别留在手里，赶快买黄金。

罗斯曼医生　您不是在说着玩儿吧。

罗伯逊　买金条，大夫。钞票也许会跟其他东西一块儿消失。（伸出手）好了，祝您好运。

罗斯曼医生　您的手在发抖。

罗伯逊　为什么不呢？如果我的这些话被听见，全美国肯定不止两个大银行家会认为我阿瑟·埃·罗伯逊精神失常了——买金条，大夫……而且别把它们存在银行里，要放在地窖里，小心保管。（下。罗斯曼接着下。灯光在托尼的秘密酒馆①里亮起来。

————————

① Speakeasy，美国禁酒令期间兴起的非法经营的酒馆。

幕后乐队演奏着最新的流行歌曲,侍者正在为两位入座的身穿晚礼服的体面人摆桌子,两人喝着白兰地。这时,李进来,观察着这一切——他又一次戴着灰白色的假发套)

李 哦,是那些大亨。(罗伯逊上。他现在也头发灰白)

罗伯逊 (轻声笑)对,的确是——那一位是传奇人物杰西·利弗莫尔,金融界的天才,这一位是威廉·杜兰特……

李 每当我想起我们多么崇拜这些大亨,而他们实际上只是一帮躲在朝圣人群当中的扒手时……

罗伯逊 是啊,可他们也同样有信心。

李 相信什么呢!

罗伯逊 他们啊,他们相信一件顶顶重要的事,那就是世间没有一件事是真的!如果这天是星期一,可你就是要把它说成是星期五,而且不少人还让你说得相信这天是星期五——这天真就成了星期五!其实他们如果真是愤世嫉俗的话,他们和这个国家的境况倒会更好一些!

利弗莫尔 托尼?

托　尼　（走进来）来了，利弗莫尔先生？再要点白兰地吗，杜兰特先生？

利弗莫尔　关于伦道夫·摩根那件事，你当真看见他跳楼了？

托　尼　没错儿。那当儿天还有点发蓝，就在天黑之前吧。我也不知道为什么，忽然有样东西招得我抬头朝上看。只见一个人手脚张开从天而降。他刚巧在我头顶上空，像个飞人！可我一看（低头朝下看），简直不敢相信自己的眼睛。原来是伦道夫！

利弗莫尔　可怜的家伙。

杜兰特　蠢货。

利弗莫尔　我闹不明白，可我认为他这一跳还称得上壮烈……你把别人和自己的钱全搞光了，也就不可能再有什么别的出路了。

杜兰特　总会有出路的。有门啊。

利弗莫尔　（举杯）为伦道夫·摩根干一杯。（杜兰特举起他的酒杯）

托　尼　这儿得来一句阿门。我还想在这儿讲一句——人人都应该跪下来感谢约翰·戴维森·洛克菲勒。

利弗莫尔　你可算说到点子上了。

托　尼　说句良心话，利弗莫尔先生，你就没有因此而感到振奋吗？我是说，有那么一个人，在整个证券市场土崩瓦解的时候，居然能那样站出来说："我和我的几个儿子会买入六百万的普通股。"我是说，他简直像一位斗牛勇士。

利弗莫尔　他也会把整个局面扭转过来。

托　尼　他当然会把局面扭转过来，因为那家伙是个资本家，他知道怎样进行一场战斗。你等着瞧吧，明天早上股票盘价又都会像罗马焰火那样一飞冲天！（侍者上，在托尼的耳朵旁嘀咕了几句）当然，当然，请她进来。（侍者下。托尼转向两位金融家）我的上帝，是伦道夫的妹妹来了……她还不知道她哥哥跳楼了。（黛安娜上）你好，摩根小姐，请进。这儿给你准备了个好位子。

黛安娜　（欢快的南方美人）谢谢！

托　尼　给你来盘美味的牛排怎么样？想喝点什么？

黛安娜　我想我还是等一下罗伯逊先生。

托　尼　当然，你随意，别拘束。

黛安娜　您就是……那位有名的托尼吗？

托　尼　在下正是，小姐。

黛安娜　跟您认识真是高兴极了。凡是谈到这个美妙地方的文章我都看过。(贪婪地环顾四周)这些顾客都是文艺界人士吗?

托　尼　不全是,摩根小姐。

黛安娜　可这里就是司各特·菲茨杰拉德常光顾的酒馆,是不是?

托　尼　是的,不过今天晚上由于证券市场等原因,这儿显得有些冷清。近些天来,大家呆在家里的时候多了。

黛安娜　那位先生是作家吗?

托　尼　不是,小姐。那位是个乡巴佬,他是做酒水生意的。

黛安娜　这几位呢?(指着杜兰特和利弗莫尔。杜兰特偷听见她的话,站起身来)

托　尼　杜兰特先生,摩根小姐。利弗莫尔先生,摩根小姐。

黛安娜　不会是那位大名鼎鼎的杰西·利弗莫尔吧?

利弗莫尔　恐怕就是!

黛安娜　那我得说,哎呀——您二位坐在这里就跟两位普普通通的百万富翁一样!对我来说,这可真是个了不起的夜晚——我猜您一定对达勒姆很熟吧。

利弗莫尔　达勒姆？我想我还从来没到过那个地方。

黛安娜　可您那家菲利普·莫里斯大工厂就在那里啊——您现在还是菲利普·莫里斯的老板，对不？

利弗莫尔　哦，是的。不过赌马可用不着骑马。我从来不参与商务，只对股票感兴趣。

黛安娜　哦，听上去可真有点不可思议，拥有那么大的厂子却从来没去看过！家兄是股票经纪人，您认识伦道夫·摩根吗？

利弗莫尔　我购买 IBM 的股票时，同伦道夫打过交道。很好的一个人。

黛安娜　可我不明白今天他为什么要在办公室里过夜。证券市场晚上也得歇业，是不是？（两个男人不安地动了动）

杜兰特　哦，是的，不过现在从全国各地涌来大批卖单，他们正夜以继日地进行统计。其实目前任何一种股票都没有盘价。坐在酒吧那边的克莱顿先生就在等候最新的估价呢。

黛安娜　我相信最后总会有解决的办法的，是不是？（笑起来）他们把我们家的电话线都切断了！

利弗莫尔　怎么会呢?

黛安娜　到底怎么回事我也闹不清楚——好像爸爸这几个月一直在靠借债度日,他的信用贷款也停止了,我不知道是怎么回事!(笑起来)我觉得自己就像是个梦中人。我在餐厅里坐下来,饥饿难忍,可是意识到自己身上只有四角钱!我现在是靠吃巧克力糖活着呢!(她的娇媚掩盖不住她的焦虑)所有的钱都到哪儿去了?

利弗莫尔　别着急,摩根小姐,过不了多久就会有大量的钱。金钱好比一只易受惊吓的小鸟:树枝上稍微有点沙沙声,它就会飞走藏起来。不过金钱又耐不住太长时间的寂寞,它得出来觅食。这就是为什么咱们都应当说积极的话,还得表示信心十足。有洛克菲勒今天早晨那份声明,盘价可能已经开始回升了。(克莱顿出现在暗淡的舞台边缘,电话机在耳旁)

杜兰特　我要是你,摩根小姐,就做最坏的准备。

利弗莫尔　唉,比尔①,说那样的话一点好处都没有!

---

① Bill,威廉的爱称。

杜兰特　这可比你所想象的还要像梦境，摩根小姐。我在这儿聊着天，而酒吧那头的那位先生，就是刚放下电话的那位，毫无疑问正打算硬起心肠来告诉我，我已经失去对通用汽车公司股票的控制了。

黛安娜　什么！（阿瑟·克莱顿确实放下了电话，抚平他的西装背心，正朝他们那张桌子走来）

杜兰特　（瞧着他走近）我要是你，就会鼓足勇气，摩根小姐。（克莱顿走到杜兰特面前停下来）怎么样，克莱顿？（托尼上，放一杯酒在黛安娜面前）

克莱顿　咱俩能否单独谈一下，先生……（托尼心领神会地看一眼克莱顿，下）

杜兰特　我完蛋了吗？

克莱顿　如果你能借一笔款子，两三个星期以后归还——

杜兰特　向谁借？

克莱顿　我也不知道，先生。

杜兰特　（站起身来）晚安，摩根小姐。（她惊讶地望着他）你多大了？

黛安娜　十九。

杜兰特　我希望你今后要正视事物本身，小姐。避开股

票那类玩艺儿。股票是瘟疫。祝你好运。（他转身
朝台后走去）

利弗莫尔　咱们还得谈谈呐，比尔……

杜兰特　没什么可谈的了，杰西。回家睡觉去吧，老伙
计，午夜早过了。（下）

利弗莫尔　（转身对克莱顿，用一种不以为然的挑衅
声调说）克莱顿……菲利普·莫里斯开盘多少，他
们说得上来吗?

克莱顿　到不了二十。再高不了了，如果咱们能找到买
主的话。

利弗莫尔　（微笑顿失）可是洛克菲勒，洛克菲勒……

克莱顿　看来一点儿作用也没起，先生。（利弗莫尔站
起身来。稍停）如果可以的话，我得回办公室去
了，先生。（利弗莫尔沉默不语）非常遗憾，利弗
莫尔先生。（克莱顿下。黛安娜看到利弗莫尔脸
上逐渐显出极为苦恼的表情，半站起身）

黛安娜　利弗莫尔先生……（罗伯逊上，这时又是四
十来岁的模样）

罗伯逊　对不起，黛安娜，我来晚了——旅途上还好

吗?（她的表情使他转向利弗莫尔。他朝他走去)情况不妙吗，杰西?

利弗莫尔　我彻底完蛋了，阿瑟。

罗伯逊　（尽量做出轻松的样子)得了，杰西，像你这样的阔人，总会在哪儿存放个一千万。

利弗莫尔　没有——没有。我一直觉得，如果你不能有真正的钱，那还不如没有的好。我听说你早就把股票都及时脱手了，是真的吗?

罗伯逊　是啊，杰西，我早跟你说过我会那样干的。

利弗莫尔　（稍停)阿瑟，你能借我五千块吗?

罗伯逊　当然可以。（坐下，脱掉一只鞋)

利弗莫尔　你到底在干什么?（罗伯逊从鞋膛里掏出一沓五千元票面的钞票，抽出一张递给站着的利弗莫尔。利弗莫尔低头盯着罗伯逊的鞋)上帝啊，你难道什么都不相信了吗?

罗伯逊　相信得不多。

利弗莫尔　嗯，我想我现在明白这个道理了。（把那张钞票折起来)可我不能说我赞赏你这种做法。（把钞票放进口袋，又低头瞧瞧罗伯逊那双鞋，摇

摇头)嗯,我猜这个国家现在是属于你的了。(他像一个盲人那样转身走出去)

罗伯逊 五个星期前,在牡蛎湾他那艘游艇上,他告诉我他有价值四亿八千万的股票。

黛安娜 (目光从利弗莫尔的背影转向罗伯逊)伦道夫也破产了吗?

罗伯逊 (握住她的手)黛安娜……伦道夫已经死了。(她的两只手飞快地捂住自己的面颊)他……从窗口跳下去了。(黛安娜站起身来,惊恐地朝前望着。灯光全暗,只留罗伯逊在圆柱灯光下,他转身面向观众)

罗伯逊 没过多久,利弗莫尔先生在雪莉-荷兰饭店的房间坐下吃了一顿丰盛的早餐,叫人拿来一个信封,写上送交阿瑟·罗伯逊先生,往里面装进一张五千元票面的钞票,然后走进盥洗室,开枪自杀了。(灯光照到李的身上,他骑一辆自行车上)你住在布鲁克林,像这样的事给你留下了什么印象?有没有动摇了你对这个制度的信心?

李 哦,没有,在那个阶段,我根本不知道有个制度。我只认为,一个人——比如说,我父亲吧——如果干活儿勤快，生产正当的商品，当然就会发财致富。如此而已。生活只是个人的问题，我是这么想的。

罗　丝　（从台后喊道）李？

罗伯逊　有意思。（罗丝出现时，他走进暗处）

罗　丝　（手里拿着一个小纸袋）我想要你去办点事儿——唷，这辆自行车可真漂亮啊！

李　这是哥伦比亚牌赛车！我刚花了十二块钱从乔奇·罗森手里买来的。

罗　丝　你从哪儿弄到十二块钱的？

李　我把自己的存款全部取了出来。这辆车远远超过这个价！

罗　丝　可不是——听着，亲爱的，你知道怎么去第三大道和第十九街吗？

李　当然，十分钟就到。

罗　丝　（从纸袋内掏出一条钻石手链）这是我的钻石手链。（又从纸袋中取出一张名片）这是桑德斯先生的名片和地址。他正等着你呐；把这个交给他，他就会给你开张收据。

李　是让他修理一下吗？

罗　丝　不是，亲爱的。那是一家当铺。去吧，我以后再给你解释。

李　能现在给我解释一下什么叫当铺吗？

罗　丝　就是你可以暂时寄存东西的地方，他们凭这个借点钱给你，可是得付利息。我要把它放在他那儿直到月底，等股票市场盘价回升以后再说。我星期五给他看过，咱们可以用它借一笔不小的款子。

李　可怎样才能把它再取回来呢？

罗　丝　就把钱还回去，再加上利息呗。反正局面在一两个月之内就会好转的。去吧，亲爱的，当心点！我真高兴你买了这辆自行车……太漂亮了！

李　（上车）爸爸知道这件事吗？

罗　丝　知道，亲爱的。爸爸知道。（她向外走，这当儿乔急匆匆上）

乔　您好，鲍姆太太。

罗　丝　哈罗，乔——你是不是瘦了点儿？

乔　我吗？（防卫式地摸摸肚子）没有，我挺好。（也对李说——一面从信封里拿出一张长十英寸、宽八英寸的照片）你们瞧我刚得到了个什么？（罗丝和李看那张照片）

罗　丝　（很佩服地）你这是从哪儿得的？

李　你怎么让他签上名的？

乔　我只不过给白宫写了封信。

李　（用手指抚摸签名）好家伙，您瞧瞧，嘿——"赫伯特·胡佛"！

罗　丝　他这样做可真通人情——你给他写了什么啊？

乔　只是预祝他……您知道，在对抗这场大萧条中赢得胜利。

罗　丝　（惊讶地）你瞧瞧——将来你准得当个政治家，乔。（回身又仔细端详照片）

乔　也许，我会喜欢当……

李　那你不当牙科医生啦？

乔　嗯，二者选一吧。

罗　丝　去吧，亲爱的。（又一心想着实际问题，下。李跨上自行车……）

李　待会儿你愿不愿意投投篮球？

乔　现在就去玩，怎么样？

李　（发窘）不行……我得先给我妈办点事儿去。过一个钟头咱们在篮球场上见……（骑车下）

乔　（拦住他）等一下，我跟你一块儿去，让我上车！

（要往车梁上坐）

李　不行，我不能带你去，乔。

乔　（觉察到大概是去什么不便说出口的地方，惊讶地）噢！

李　球场上见。（李骑车下。乔端详着照片，嘴里喃喃自语……"赫伯特·胡佛"，自豪地晃晃脑袋，下。弗兰克出现，身穿司机制服，头戴司机帽，从兜儿里掏出一块抹布，用哑剧形式模拟擦拭一辆豪华轿车，还用嘴吹掉这儿那儿的尘土。莫上，身穿时髦的翻毛皮领大衣，腋下夹着一条折好的毛毯）

弗兰克　早，鲍姆先生。今天早上我把车给您准备得又干净又暖和，先生。我还把盖腿的毛毯干洗过了。

莫　（递给弗兰克一张账单）这是什么，弗兰克？

弗兰克　哦，像是汽车行的账单。

莫　上面的汽车轮胎是怎么回事？

弗兰克　哦，是的，先生，这是上星期新换的轮胎钱。

莫　六个星期以前换的那些轮胎怎么了？

弗兰克　那些轮胎质量太差，先生，很快就用坏了。而且我可以算得上是头一位承认这一点的。

莫　可是二十块钱一个，难道只能用六个星期吗？

弗兰克　我正要跟您说呐，先生——那几个就是太糟，
　　　这几个新换的就好多了。

莫　我跟你说，弗兰克——

弗兰克　是，先生——我的意思是说，我个人向您担保
　　　这四个轮胎的质量准不错，鲍姆先生。

莫　过去我从来不注意这些事，可你也许已经听说了股
　　　票市场崩溃的事——几乎全都打水漂了，你要
　　　知道。

弗兰克　哦，是的，先生，我当然听说了这个坏消息。

莫　我很高兴你听说了，因为我听到的太多了。再说，
　　　过去十年里，你卖掉我的轮胎，从中挣的钱——

弗兰克　哦，没有，先生！鲍姆先生！

莫　弗兰克，我打六岁还是个娃娃的时候就从欧洲来到
　　　这里，我这辈子都没听说过十年内能用掉那么多轮
　　　胎。数量可真不小啊，弗兰克。所以我现在告诉你
　　　咱们该怎么办，你干脆把车开到皮尔斯·阿罗车行
　　　的展厅去，把它就留在那儿，然后你到我的办公室
　　　来一趟，咱们结结账。

弗兰克　那您以后怎么出门到各处去呢！

莫　弗兰克，我乘出租车也一样愉快。

弗兰克　我可真难过要离开您一家人。

莫　天下没有不散的筵席，弗兰克，过去我们相处的一段时间还是很愉快的。别太过意不去。（同弗兰克握手）再见。

弗兰克　（那种穿着制服挺神气的样子顿时消失）可我……我现在该怎么办呢？

莫　你有没有亲戚？

弗兰克　……可我跟他们从来就相处得不怎么好。

莫　应该相处得很好才对。（匆匆下，嘴里喊道）出租车！（弗兰克，手里拿着帽子，开始毫无目的地走着；这当儿，罗伯逊出现，又是七十多岁的模样，盯着弗兰克的脸，后者从他身旁走过，下）

罗伯逊　（低沉地）他们就这样走开了……走向一无所有的困境；没有失业保险金，没有社会福利，只有新鲜空气。大约在那个时候，我同一个在我的大楼里工作的黑人小伙子谈妥一件事——每天傍晚六点钟左右，他负责安排七十五个人排好队，然后由我带他们到那家所谓的麦克法登廉价饭馆，在那里花七分钱就可以吃一顿不错的饭。第二天晚上再换七十五个人。这种局面有点像一九二二年的德国……我也不放心那些银行。有时我四处溜达，鞋里塞着两万五到三万块钱。（李已经登场，他推着一把扶手椅，上面放着一张小桌子，桌上放着电话机，他把样样都安置好）

李　街区人口猛增——已婚子女搬回父母家住，或者做父母的搬到子女家去住……二十多年没见过婴儿的地方又到处听到婴儿的哭声了。

罗伯逊　所以说，你瞧瞧——这样一来倒使家庭生活复苏了。大灾难里取得的进展嘛！（外公抱着四五根手杖上，罗伯逊和李朝相反方向下。外公走到一处，把手杖放在地上。他还拎着两个帽盒，他把它们放下，然后在椅子上坐下来，满面怒容。罗丝上，身穿家居服，手里拿着一条没叠好的床单，正在一个劲儿地叠）

罗　丝　（看到地上的手杖）您这是干什么？

外　公　（斩钉截铁）我的壁橱里没地方放这些啦……

罗　丝　放不下这几根手杖吗？

外　公　还有我这几顶帽子怎么办——你根本就不该买这么小的房子，罗丝。

罗　丝　（开始走开）我马上就下来。（指手杖）我把这些放在前厅的壁橱里去吧。

外　公　不要，我不要放在会掉下来的地方，让人踩了。还有我的帽子放在哪儿？

罗　丝　（竭力克制自己不发脾气）爸爸，你要我怎么着呢？我们已经尽力而为了！

外　公　这么一大家子，只有一个洗手间成何体统——你过去那所公寓里有三个，而且从窗户望出去，全纽约都尽收眼底。这里……你听听街对面，那里是布鲁克林的一个墓地，静得一点声儿都没有。而且这里的理发师也糟透了——瞧他把我的头发剪成什么样子了。（让她瞧）

罗　丝　怎么？挺漂亮嘛。（把他的头发理顺）只有一点儿剪得不齐……

外　公　（推开她的手）我不明白，罗丝——他既然已经到处奔走偿还债务，干吗又宣布破产呢？

罗　丝　为了他的名誉。

外　公　他的名誉！他将来只会落得一个傻瓜的名誉——宣布破产就是为了不还债！

罗　丝　（自己也弄不清）他是想光明磊落。

外　公　可是这件事妙就妙在用不着还清欠任何人的债啊。他应当问问我。当初我破产的时候，就没还给任何人一分钱！

罗　丝　（下决心）我得跟您说点事，爸爸……

外　公　而且你得说说李这个孩子——他整夜在床上翻来覆去，一夜把我搅醒十次，他还把袜子乱丢在地上……（抬起脚往前迈一步）……我不得不迈过去。

罗　丝　我不愿意再惹莫恼火啦，爸爸。（朝他跟前走去，他瞥了她几眼）他也许打算做别的生意，所以他有点焦虑。

外　公　我刚才说了什么？

罗　丝　没什么。（他于心有愧地帮她叠床单。她突然拥抱他，又看了看那几根手杖）也许我能在哪儿找个雨伞架……

外　公　我方才正在看一篇谈论希特勒的文章……

罗　丝　我刚才也在想，从前每当妈妈站在镜子前面时，她的脸多漂亮啊，看上去简直像个中国娃娃。

外　公　……希特勒正在把所有的激进分子都轰出德国。他如果不反对犹太人，也就不那么可恶了。他的统治超不过六个月……这叫我想起好几年前，每到这个季节，我就带你妈妈到巴登-巴登度假……

罗　丝　她多美啊。

外　公　……有一次我们坐火车正要离开柏林，忽然有一个人飞奔过来，嘴里喊着我的名字。我就说："是我，什么事?"他便从窗户把我那个带表链的金手表递给我："您把它忘在旅馆房间里了，mein Herr①。"这种事只能发生在德国。这个希特勒早晚会完蛋。

罗　丝　请您——(指着手杖)把它们放回到您的壁橱里去吧，嗯?(她正准备走开)

外　公　我只是说，他既然已经宣布破产，那他就——

罗　丝　我不想把他逼疯，爸爸!(她一赌气将手杖和帽盒全都堆在他的手里)

外　公　(喃喃地)一个大男人连怎样宣布破产都不懂。(他走出去。李骑自行车上——这时他穿着冬天

_____

① 德语，我的先生。

的衣服。他下车，把车停好；罗丝正靠坐在椅子上）

李　妈！您猜怎么着！

罗　丝　怎么啦？

李　您还记得我把存款全取出来买这辆车吗？

罗　丝　怎么啦？

李　那家银行刚被政府封了！倒闭了！一大群人在那儿嚷嚷，问他们的钱都到哪儿去啦！政府派了警察什么的，银行里一点儿钱都没有了！

罗　丝　你简直是个天才！

李　您想想——我差点儿就失去了我这十二块钱！哎呀！

罗　丝　太妙啦。（从脖子上摘下一条珍珠项链，拿在手里瞧着）

李　您不喜欢住在布鲁克林吗，妈？我们应当在后院里种些果树。您想，一出屋子就可以摘个苹果或是别的什么果子？（这当儿他看到了那串珍珠，激动地）哦，妈，难道又要拿去典当吗？

罗　丝　我也不愿意啊，可又有什么法子；这是你爸送给我的结婚礼物。

李　爸的生意怎么样啦？他有办法吗？

罗　丝　他在股票上投资太多了，亲爱的——从那上面赚的钱要比他做生意挣的多。所以现在……就没有什么资本了。（一个贼匆匆出现，骑走自行车）不过咱们会好起来的，当心点，去吧。你回来时，可以吃你的果酱三明治。（李把那串珍珠塞进裤兜，走到放自行车的地方；四处张望，浑身透凉。他前后左右跑来跑去，最后站住，上气不接下气，脸上惊恐万分。罗丝好像预感到情况不妙，便从椅子上站起来，朝他走过来）你的自行车哪儿去啦？（他说不出话来）有人把你的车偷走了吗？（他呆若木鸡）这个贼，让他吃下一顿饭时噎死！（她拥抱他）哦，我的宝贝儿，我的宝贝儿，真是太倒霉了。（他低泣一声，立刻止住。她双手搂住他的肩膀，面对着他，试图微笑）那么你现在就跟其他人一样，得步行去那当铺了。（她哄他笑）来，吃你那份果酱三明治吧。

李　不吃，我要试试看我能不能跑步过去——这对我的田径训练倒有好处。哦，对了，我差不多决定要进康奈尔大学啦。康奈尔大学或者布朗大学。

罗　丝　（一句干巴巴的祝贺，感叹地）哦——好，反正还有几个月可以拿定主意。（她难过地用一只手捂住眼睛，下。罗伯逊上。李盯视着前方）

李　我猜这时我才明白真有个制度。（一只公鸡打鸣儿。灯光变成晨曦）

罗伯逊　你具体指什么呢？

李　那些看上去似乎永远是固定和冻结的东西开始融化，悄悄地溜走。一个人单打独斗开始显得像个荒谬的念头。（一群农场主出现，他们身穿双排纽方格纹厚呢短大衣，粗呢上装，肥大的羊毛衫，头戴花格小帽或斜纹粗厚棉布帽；往手上哈气，跺着两只靴子取暖。亨利·泰勒坐在一旁地上）还有什么比这更保守的形象——衣阿华的农场主！然而，他们正在公路那边，推翻牛奶车，将成千上万加仑的牛奶倒掉！

罗伯逊　那是为了制造物以稀为贵的局面，好抬高价格。这纯粹是一种保守的措施。

李　可为什么看上去挺革命的呢？

罗伯逊　哦——那是指他们开始干的另外一些事。（他

闪到一旁观察，布鲁斯特朝前走来）

布鲁斯特 （在人群前喊道）大家稳住，伙计们，马上就要开始啦。

农场主甲 好家伙，这叫什么八月的天气。那边好像在下雪呐。

农场主乙 （笑出声）连老天爷都不干啦。（人群中发出轻笑声）

布鲁斯特 （朝亨利·泰勒走去）你这样坐在地上要着凉的，亨利。

亨 利 累垮了。昨天整夜没合眼，连个盹儿都没打。

（泰勒太太上，她穿着大衣，手里捧着一个大咖啡壶，身边是十五岁的女儿哈丽娅特，后者每根手指上都挂着咖啡杯子）

泰勒太太 你们大伙儿得匀着喝，不管怎样，这是热乎的。

布鲁斯特 哦，好香啊，泰勒太太，让我来拿着吧。

（她把咖啡壶交给布鲁斯特，走到丈夫亨利身旁。哈丽娅特把杯子分给大家）

泰勒太太 （压低嗓门，厌烦而羞愧地）你可别这样坐在地上，起来吧！（她把他拉起来，他站了起来）这是拍卖——谁都有权利来参加拍卖。

亨　利　大道上足有一千号人来凑热闹——他们可压根儿没对我说他们会带来上千人！

泰勒太太　嗯，我想他们一向就是这样干的。

亨　利　那些卡车上还有枪呐！

泰勒太太　（自己也感到害怕）反正现在也来不及阻止他们了，还不如过去和这些来帮你忙的人打声招呼。

查　理　（跑上场）布鲁斯特！布鲁斯特哪儿去了？

布鲁斯特　（从人群里走出来）什么事，查理？

查　理　（手冲外指着）布莱德利法官！他正跟拍卖商一起下车呐！（沉默。大家都瞧着布鲁斯特）

布鲁斯特　嗯……我看不出那会改变什么。（转身向大家说）我想咱们现在就开始干咱们来这儿要干的事吧，好不好？（人群平静地表示同意——"好""干吧，莱瑞""现在不干也不行啦"等等。六十岁的布莱德利法官和拍卖商弗兰克·霍华德上。一片寂静）

布莱德利法官 早安，诸位。（四下里看看。没人答话）在霍华德先生开始主持拍卖之前，我想先说几句话。（他走到一个高台上）我之所以决定今天早上亲自来一趟，就是为了强调目前本州局势的严重性。衣阿华州目前已经处于无政府状态的边缘，这种情况对谁都没有好处。你们现在都是有产业的人，所以，你们——

布鲁斯特 过去是，法官，过去才是！

布莱德利法官 布鲁斯特，我不会再多费唇舌；那边有四十名法警。（稍顿）我只想说明一点——我已经对这个农场做出了资不抵债的判决。泰勒先生没能偿还他在设备和一些牲畜上所欠下的款项。合同是神圣的。国家银行有权收回它的贷款。那么，霍华德先生现在可以开始拍卖了。不过，他有自由裁量权，可以拒绝一切不合理的出价。我再一次呼吁你们服从法律。一旦法律和秩序垮台，谁都会丧失保障。霍华德先生？

霍华德先生 （手拿一块夹纸的书写板，登上高台）那么，现在，让咱们看看。我们这儿有一台约翰·迪尔牌拖拉机和联合收割机，用过三年，完好无损。

（三个出价人一起上——人群转身敌视他们，他们停下来）请出价——

布鲁斯特　一角！

霍华德先生　有人出价一角。（抬起一根手指朝人群中指来指去）有人出价一角，有人出价一角……（指到那三个前来出价的人，但他们恐惧地环视四周的人群）

布莱德利法官　（喊道）考德威尔！过来保护这几个人！（考德威尔，身上佩戴着一枚法警警徽，同另外四名法警一齐上；他们挤进人群，围住那三位出价人。法警都带着猎枪）

霍华德先生　有出价五百块的吗？有出价五——

出价人甲　五百！（查理果断冲上去——农场主们抓住法警，解除了他们的武装；一杆枪走了火，但未造成伤亡。布鲁斯特一个箭步蹿上高台，钳住法官的两臂；另一个人往法官的脖子上套上一根绞索）

布莱德利法官　布鲁斯特——天呐，你这是要干什么?!

布鲁斯特　（冲场外其他法警喊道）你们要是走近一

步，我们就把他吊起来！马上退到那边那条路上去，否则我们就把法官吊死！我说话算数，如果你们中任何人干涉了我的行动，我就给他吊上去！现在让我来给你澄清一件事，布莱德利法官……

亨利　放了他吧，布鲁斯特——我已经不在乎了，让他们统统拿走吧！

布鲁斯特　稳住，亨利，谁也拿不走任何东西。现在没事了，法官。霍华德先生，为了节省时间，你干吗不把这整个地方一块儿拍卖呢？就请那样干吧。

霍华德先生　（转向人群，声音发颤）我……我现在拍卖……全部资产。拖拉机和联合收割机，两匹骡子和一辆马车，二十六头母牛，八头小母牛，各种工具等等。谁出价……

布鲁斯特　一块。

霍华德先生　（急忙地）有人出价一块。一块一次，一块两次？……（四面张望）一块钱成交。

布鲁斯特　（给他一块钱）现在请你在收据上签个字，好吗？（霍华德先生草草签下，给他一张收据。布鲁斯特从高台上跳下来，走到亨利·泰勒面前，将收据交给他）亨利？你干吗还不走，去挤牛奶吧！咱们大伙儿也走吧，伙计们。（他站在那儿挥一下手，人群迅速跟随他下场。布莱德利拿开绞索，走下高台，朝正在盯视那张收据的亨利·泰勒走去）

布莱德利法官 亨利·泰勒？你纯粹是一个贼！（泰勒在这种指控下显得畏缩。法官指着那张收据）这样做对上帝的律法和人类的法律来说都是犯罪！这件事休想就此了结！（他转身怒冲冲下）

哈丽娅特 咱们还挤牛奶吗，爸爸？

泰勒太太 当然挤——那些牛是咱们的。（然而她还需要征得泰勒的同意）亨利？

亨　利 （凝视着那张收据）这就好像我偷了自己的东西。（受了侮辱，几乎落泪，跟着妻子走进暗处。农场主们散开。莫上）

莫 你刚才说学费要三百块……李！（李从舞台另一端上，手里拿着大学便览）

李 ……那是哥伦比亚。其他学校要便宜些。

莫 是四年的学费吧。

李 哦，不是，是一年的。

莫　嗯。(他往椅背上一靠，闭上眼睛。李翻一页便

　　览)

李　比如说，明尼苏达大学要一百五十块。我想俄亥俄

　　州立大学也差不多。(转向莫，等待答复)爸？

　　(莫睡着了，李合上学校便览，朝前望着)他一听

　　到坏消息就犯困。(站起身来，走向舞台前面)这

　　所引人注目的房子开始上演不可思议的一幕。你可

　　以看见从大路上走过来一个陌生人——穷困潦倒，

　　破衣烂衫，他会从一所所房子前面走过，可到了我

　　们家门口那条车道前，他就会满怀信心地转进来，

　　走到我们家的后门廊，乞讨点吃的。为什么单向我

　　们要呢？(泰勒从舞台一边出现。他穿着双排纽

　　方格纹厚呢短大衣，脚蹬干农活儿的鞋，头戴

　　一顶猎人的尖顶帽，胳臂下夹着一个发皱的纸

　　袋。从正面看，他形容憔悴，局促不安；这当

　　儿，他按下门铃，没有回音。他又鼓起勇气按

　　了一下。李走到门口)谁啊？

亨　利　(腼腆地——干这事还不在行)呃……很抱歉

　　在这么个星期天打搅您一家子。(罗丝上，身穿家

居服，系着围裙，用一块毛巾擦着手）

罗　丝　是谁啊，亲爱的？（她走到门前）

李　这是我母亲。

亨　利　您好，太太，我姓泰勒，我只是路过，不知道
　　　　您府上有没有什么活儿需要雇个人……

莫　（跳起来）嘿！门铃响了！（看到他们正在密谈）
　　　　哦……

罗　丝　（讽刺地）又是一个找活儿干的人！

亨　利　我可以给您把这儿粉刷粉刷，或是修理一下屋
　　　　顶、电器、水管子，泥瓦匠或者园丁的活儿我也都
　　　　在行……我过去一直有个自己的农场，这些活儿我
　　　　们都干，您要知道，我只要很少的工钱……

罗　丝　可我们什么活儿都不需要……

莫　你是从哪儿来的？

亨　利　衣阿华。

李　（正是他向往的地方）衣阿华！

亨　利　只要管饭，您要知道，我就不再要什么工钱
　　　　了。因为您得自己出材料。

莫　（开始探问泰勒的家乡）衣阿华的什么地方呢？

罗　丝　我妹夫是克里夫兰人。

莫　不，不，克里夫兰离那儿远得很。(对亨利)什么
　　地方呢？

亨　利　您知道斯泰尔斯吗？

莫　我只知道大城市里的商店。①

亨　利　(感激地笑一下)哎呀，我没想到会遇见一
　　位……(他忽然头晕目眩，止住不说了，想找个
　　地方靠一靠。李扶着他的胳臂，他就像一架电
　　梯那样落坐在地上)

罗　丝　怎么啦？

莫　先生？

李　我去拿杯水。(他跑了出去)

罗　丝　是不是心脏出了问题？

亨　利　对不起……真对不起……(他用手和膝盖慢慢
　　支撑起来，李端来一杯水给他喝。他喝了半杯，
　　把杯子还给李)谢谢你，孩子。

罗　丝　(征求莫的意见和同意——指着屋里)最好让
　　他进屋坐一会儿吧。

莫　你要坐一会儿吗？(亨利无力地望着他)进来坐一

———————

① 斯泰尔斯 (Styles) 和商店 (stores) 读音相近，故有此说。

下吧。(李和莫扶他到一把椅子前。他坐下)

罗　丝　(弓身瞧他的脸)您是不是心脏病犯了?

亨　利　(发窘,自己这当儿也害怕了)能不能给我点吃的?(三个人望着他,他抬头看到三张大为惊讶的面孔,低声哭了起来)

罗　丝　您饿了?

亨　利　是的,太太。(她瞧着莫,好像在问这话是否可信)

莫　(急忙地)最好还是给他拿点吃的来吧。

罗　丝　(立刻走出去)唉,我的老天爷!

莫　(怀疑地,甚至近乎责问地)你在干什么,难道就这样到处乱转吗?

亨　利　噢,不是,我失去了我的农场,就从东部来到这里……听说新泽西在雇人收割芹菜。但是我只干了两天……我去过四五次救世军,可他们昨天只给了我一杯咖啡和一个小圆面包……

李　您打昨天起就没吃过什么东西吗?

亨　利　……呃,我一向吃得不多……(罗丝端着托盘进来,上面放着一碗汤和面包)

罗　丝　我正在煮汤，还没放土豆呢……

亨　利　哦，甜菜？

罗　丝　你们管这个叫罗宋汤。

亨　利　（顺从地）是的，太太。（他立刻用汤匙吃起来。他们望着他，这是他们见到的头一个饿汉）

莫　（怀疑地）你怎么搞的，竟会失去自己的农场？

亨　利　您大概看到那条消息了吧，几个月前衣阿华的农场主发生了暴动？

李　我看到过。

莫　（对李）什么暴动？

李　一名法官要拍卖他们的农场，差点儿让他们吊死。（很佩服地问亨利）您也参加那场暴动了吗？

亨　利　嗯，现在风波已经过去，我想他们暂时不会再去拍卖那些农场了。那边的景况简直糟透了。

罗　丝　（摇摇头）我还当衣阿华那边的人都是共和党人呐。

亨　利　嗯，我猜他们都是的。

李　这就是他们所谓的激进吗？

亨　利　嗯……正像他们所说的——衣阿华人都讲究实际。如果激进看起来符合实际，他们就会激进。但是一旦不实际了，他们也就不激进了。

莫　你们现在大概也汲取了教训。

李　什么——是那个法官要抢走他们的家园啊！

莫　所以就上法庭把他吊死吗？

李　可……可是那样做根本就不对，爸！

罗　丝　嘘——别还嘴……

李　（对她）可您也认为那样做不对，是不是——要是他们来把咱们轰出这所房子，那咱们该怎么办呢？

罗　丝　我不考虑这种事。（对亨利）那您如今在哪儿睡呢？

莫　（当即插嘴）对不起。我们对您在哪儿睡不感兴趣，先生，您叫什么名字？

亨　利　泰勒。如果让我住在您的地下室里，只要管饭就行了……

莫　（对亨利说，也半对着罗丝说）这所房子里不能再添另外一个人了，明白吗——包括地下室。（他拿出两三张钞票）

亨　利　我并不求您施舍……

莫　我只打算借给您一块钱，希望您有一个全新的开始。拿去吧……（递给亨利钞票，陪他走到门口）

以后再还我，不着急。(伸手同他握手)很高兴遇
见您。祝您顺利!

亨　利　谢谢您的汤，太太……

罗　丝　我们姓鲍姆。您有孩子吗?

亨　利　有，一个十五岁，一个九岁。(他若有所思地
折起那张钞票。外公吃着一枚李子，上)

罗　丝　您多保重，去给您太太写封信。

亨　利　嗯，我会的。(对莫)再见，先生……

莫　(一边苦笑，一边用一根手指轻轻戳他一下)离
绳子远点。

亨　利　哦，对，我会的……(下)

李　(走到舞台外围，看着泰勒走开，向他喊道)再
见，泰勒先生!

亨　利　(转身摆摆手)再见，孩子!(他离去。李定
睛望着他的背影，若有所思)

外　公　那人是谁?

莫　是个衣阿华州的农场主。他企图吊死一名法官;罗
丝呢，就想让他住在地下室里。

外　公　一个农场主到这儿来干什么?

罗　丝　他破产了，失去了一切。

外　公　哦，那他就应当借钱。

莫　（用手指捻个榧子——对李说）那我得赶紧跑去告诉他。他把我都搅饿了。（对罗丝）我想到街口去喝一杯巧克力苏打……你去不去，李？

李　我不想去。

莫　别难过。人生是艰难的，对此你又有什么办法呢？只不过有的时候不比其他时候艰难而已，但总是艰难的。来吧，去喝一杯苏打水。

李　不，现在不，爸爸，谢谢。（他转身走开）

莫　（挺直身子，默默地拒绝责备）我一会儿就回来。（他溜达着穿过舞台，单调地轻轻吹着口哨，下。外公嘴里嚼着，手里拿着李子核儿，想找个地方丢掉它。罗丝看到自己躲也躲不开，就伸手去接……）

罗　丝　（厌烦地）哦，给我吧。（外公把核儿丢在她手心里，她拿着它和汤盘走出去）

李　（还在试图消化刚才发生的一切）那人在忍饥挨饿呐，外公。

外　公　不，不，他就是饿了，不算忍饥挨饿。

李　他是，他差点儿晕了过去。

外　公　不是，那不算忍饥挨饿。在欧洲，他们才忍饥挨饿呢，可这儿没有。不管怎样，再过一两个星期，他们就会找到对策，你就可以把这一切都忘了……上帝造人是一个一个地造，孩子——为自己操心吧。（罗伯逊上）

罗伯逊　你怎么看这个忠告？

李　纯粹是无稽之谈——那些拥有高学历的人整天在大街上扔橄榄球玩时，你怎么能只顾着想自己呢！想必是上面出了什么大事——你那里看起来怎么样？

罗伯逊　嗯，当然，富人一向更容易变得激进。坐在一旁干等着不妙的事发生，那可太冒险了。因此，美国银行协会及时要求新政府将银行国有化。

李　什么！！

罗伯逊　事态已经完全失控——这他们早就知道了。可你知道吗？

李　我只知道……（拿起一本学校便览，懒洋洋地翻阅着）……那是个非常奇怪的七月，我刚从高中毕业，可没人提起我升大学的事。就好像……你得自己创造生活。（罗丝已经上场，正坐着看书。李指着便览)如果去康奈尔大学学细菌学，就根本不必缴学费。

罗　丝　一分钱也不用缴吗？

李　学校便览上是这么说的。也许他们缺少细菌学家。

罗　丝　那可太妙啦！你愿意去吗？

李　(盯视着前方，幻想自己是个细菌学家。叹口气)我也不知道。细菌学吗？

罗　丝　(皱皱鼻子)一定很可怕。还有什么别的专业不收学费吗？

李　我就发现这一个——唉，真希望我在中学里的分数好一点。真不知道当初我在学校里都干了些什么。

罗　丝　你啊，迷上了棒球。

李　……不然我就会争取到奖学金什么的。

罗　丝　我当年就得过奖学金。可是你外公等不及，非要把我嫁出去不可。(摇摇头)毕业典礼前两天，原定朗诵《老水手》①的姑娘扁桃体发炎，因此由

_____

① *The Rime of the Ancient Mariner*，指英国诗人柯勒律治 (Coleridge, 1772—1834) 的长诗《老水手》(通译《古舟子咏》)。该诗叙述一名老水手在航程中杀死了一只信天翁，那条船因此遭到无数灾难，船员死光，只剩下老水手一人漂流。后来，他悔恨终身，到处讲述他的遭遇，劝人热爱上帝创造的生灵。

我顶替，所以我只有两天时间背熟那首诗。

李　(摇摇头)嗬!

罗　丝　我就那样子上了台……一个错儿也没出，大家
都听得入了迷。

李　我可从来也记不住。

罗　丝　你那是猫脑袋，你总是大惊小怪的——每天早
晨都好像头一次来到这世上。

李　(哀伤地)我知道。(翻查学校便览)锡拉丘兹大学
也有……

罗　丝　我今天得把这本书看完。已经逾期了一角
四分。

李　什么书啊?

罗　丝　曼纽尔·科姆罗夫的《皇冠》。讲一顶皇冠被
盗，失而复得，后来又丢失，好几代人再也没找到
它。算是文学作品，不过我也闹不清楚，看着倒还
解闷儿。(又低头看书)

李　(合上所有的学校便览，瞧着她)妈?

罗　丝　(还在看书)唔?

李　(和缓地打开僵局)我想今年申请入学反正也晚了。
您说是不是?

罗　丝　（转向他）嗯，我看今年恐怕是迟了，亲爱的。

李　那就算了吧，妈。

罗　丝　我很难过——这些年我们瞎挥霍，现在轮到你需要用钱的时候，却——

李　（松了口气，这时心里有了底）没关系。也许我可以试试看找个工作。可我没有把握该去"招聘成年男性"那儿应聘呢，还是去"招聘男青年"那儿碰碰运气。

罗　丝　当然是男青年。（两人目光相对。她看出他有点忧虑）别害怕，亲爱的——你将来准不差！（她用书掩饰自己的感情。灯光暗下来，她下）

李　（走向舞台中央，面对观众）就像所有的风都停止了，不再流动。（灯光照在西德尼身上，他正在钢琴前，一个音一个音地试着弹奏出一个旋律）于是任何能动的东西都似乎充满希望。（西德尼的母亲范妮上，她双手叉腰站在那儿瞧着他）可是像我姨妈范妮·马戈利斯那样能动的，却是天下少有。（下）

范　妮　西德尼？（西德尼唱《兄弟，能支援我一角钱吗》的开头一句。范妮打断歌声）西德尼？（西德尼接唱第二句，并没在意）西德尼？（这时才听见唤声，可是依旧唱下去）我要跟你谈谈，西德尼。（他躲闪着弹着柔和的和声）停一会儿！

西德尼　（停止弹琴）妈，您看……现在刚刚七月。如果我还在读高中，目前正是暑假。

范　妮　我要是罗马尼亚王后的话，就用不着缴房租了。你已经毕业，西德尼，现在就不是暑假了。

西德尼　妈，去职业介绍所根本白搭，那儿都是大人——工程师啦，大学毕业生啦。他们什么活儿都肯干。要是我能写出一首这样的流行歌曲，只消一首——咱们就不用着急了。让我自己支配这个七月吧，就这一个月时间，看我到底能不能做到。因为那人说话是当真的——他是宾·克罗斯比①的经纪人常去吃饭的那家饭馆的侍者的好朋友。他可以把我写的任何曲子交给他，只要克罗斯比能唱一

————————

① Bing Crosby (1903—1977)，美国流行歌手和电影演员。

次……

范　妮　我要跟你谈谈多丽丝。

西德尼　哪个多丽丝？

范　妮　多丽丝！楼下住的多丽丝。我常跟她妈妈聊
　　　　天——她很喜欢你，西德尼。

西德尼　谁？

范　妮　她妈妈！格罗斯太太。她非常喜欢你。

西德尼　（不理解）哦。

范　妮　她说多丽丝整天就是谈论你。

西德尼　（不安）她净谈论我干什么？

范　妮　没什么，好事儿。她喜欢你。

西德尼　（感到有趣，难以置信地笑笑）多丽丝——可
　　　　她才十三岁。

范　妮　到今年十二月就十四了。现在听我说。

西德尼　什么，妈？

范　妮　这全在你了，西德尼。我要你自己打定主意。
　　　　你爸可再也振作不起来了，而且特雷莎一结婚，咱
　　　　们也甭打算再指望她的薪水啦。格罗斯太太
　　　　说——因为她是个寡妇，你要知道，还有她患了甲
　　　　状腺炎什么的……

西德尼　什么?

范　妮　你要是喜欢多丽丝——只要不讨厌她,同意以后跟她结婚,等她到十八岁,或者哪怕十七岁的时候——如果你现在同意这样做,咱们就可以不缴房租住在这套房子里。从下个月开始。

西德尼　(激动地,甚至惊讶地)永远吗?

范　妮　当然。你就会是个做丈夫的了,这所房子就归你了。你还可以搬到楼下去住,享受那台大钢琴和瓷砖浴室里的淋浴……我甚至认为如果你同意的话,她还会免掉我们欠的三个月房租。到时候要是你接手了那家面包房,我可一点儿都不会惊讶。

西德尼　面包房。老天,妈,我是个作曲家呀!

范　妮　现在听我说……(多丽丝上,坐在远处一旁,用绳子玩着翻绞绞)

西德尼　可是妈,我怎么能当个面包师傅呢!

范　妮　西德尼,亲爱的,你有没有看一眼那姑娘?

西德尼　我凭什么看她!

范　妮　(揪住他的胳臂,让他转身面对多丽丝)因为她是个美人儿。要不然我就不会提起这档子事了。你瞧,瞧她那鼻子,瞧她那双手。你瞧见那双小白手了吗？这年头上哪儿也找不到这样的手啦。

西德尼　可是，妈，听我说——如果您七月份不干涉我
　　　　的行动，如果我写出一首流行歌曲……我知道我办
　　　　得到，妈。

范　妮　好吧，西德尼，咱们已经欠了一百八十块钱的
　　　　债了。八月一号就会给轰到街上去啦。你尽管抓紧
　　　　写你的流行歌曲，亲爱的。我只希望你别在四五年
　　　　之后偶遇多丽丝·格罗斯，并且爱上她——那时候
　　　　你爹妈可都陈尸街头了！

西德尼　可是，妈，即使我同意，一旦明年或者后年我
　　　　又遇见别的姑娘，并且真心喜欢她……

范　妮　好吧，就算你娶了那个姑娘，可过了一年你又
　　　　遇到另一个你更喜欢的姑娘，你打算怎么办，难道
　　　　一年结一次婚吗？我呢，只是想让你知道咱们目前
　　　　的处境。我把门给你关上，这就安静了。写一首热
　　　　门的歌吧，西德尼。（她走出去，剩他单独一人。
　　　　他避免朝多丽丝的方向看，内心矛盾地朝钢琴
　　　　走去，站在那儿按几个音符。稍顿。他转向多
　　　　丽丝，接着走到她面前。她还在用绳子玩翻绞
　　　　绞。他慢慢坐在后脚跟上）

西德尼　嚯……你可真会玩这玩艺儿，多丽丝。（多丽
　　　　丝站起来对着他；他俩四目相对，出于不同的
　　　　原因，彼此都有点无可奈何的样子。他开始走
　　　　开，她追上去；两人下场时，他用胳臂搂住了
　　　　她。灯光照在莫和罗丝身上；她身穿晨袍，趿
　　　　拉着拖鞋，他穿着一套整齐的上班服，戴着帽
　　　　子，正匆忙地吻她一下）

罗　丝　再见，亲爱的，今天会顺利的——我知道
　　　　会的！

莫　（信心不大）你说的没错，再见。（他走了几步，
　　　　又慢慢停下来。他回头瞥一眼家门，内心十分
　　　　紧张，而且犹豫不定，然后低头沉思。李上，
　　　　罗丝跟他吻别。他穿着双排纽方格纹厚呢大衣，
　　　　手里拎着一个午饭纸袋，腋下夹着一本书）

罗　丝　（指着他的午饭纸袋）别挤它，我在里面给你
　　　　放了几块饼干……听我说，这并不是说你永远进不
　　　　了大学。

李　哦，我不在乎，妈。而且我愿意围着机器干活儿。
　　　　能得到这份工作，真是走运！

罗　丝　这些年来，我们一直那么富裕，可现在到你需
　　　要交学费的时候——

李　（打断她的话）回见！（他离开她，罗丝下；他向
　　　前走，吃惊地见到莫站在那里）我还以为您早就
　　　走了呢！

莫　我跟你一块儿走一段。（并不打算解释，只是在
　　　李身旁走着，但是比李原来的步伐还要慢。李
　　　觉出他异乎寻常地紧张，却只能越来越担心，
　　　困惑地瞥了他几眼。最后莫终于开口）……工作
　　　还好吗？

李　不错。我简直不敢相信他们居然挑中了我！

莫　（点点头）好。（他俩又默默地走了一段，贯穿整
　　　个舞台，气氛越来越紧张，李不断地瞥几眼莫，
　　　两人朝前走。莫继续一会儿低头瞧地，一会儿
　　　瞪视前方。最后莫终于停下来，深吸一口气）
　　　李，你眼下有多少钱？

李　（大吃一惊）……我有多少钱？

莫　（指着李的口袋）我是说你现在身上有多少钱。

李　哦！大概有——（掏出来零钱）——三角五分。够

我用了。

莫 ……给我两角五行吗——我好进城。

李 （一时十分惊愕，随后说）当然可以，爸！（赶紧掏兜儿）

莫 你带了午饭，我待会儿得吃个热狗。（李给他一个两角五分的硬币）

李 行。我抽屉里还有一块钱……要么我去拿一下……（转身往回走）

莫 不必了，别回去了。（又往前走）嗯……别跟外人提这件事，嗯？

李 哦，不会的！

莫 （又止步）你妈爱操心。

李 我明白。（莫下，李面朝观众）后来我们一块儿搭乘地铁，互相很难直视对方。因此我们俩就假装什么事也没发生。可是又确实发生了点事——就好像我已经开始供养我的父亲了！这件事为什么会叫我如此高兴呢，我也说不清，不过它确实让我高兴之极！为了让父亲振作起来，我开始瞎扯。在我还没意识到之前，我已经编造了一个异想天开的未来！（笑）我说，用不了一年，最多两年，我就可以进大学啦；我已经打定主意要做一名优等生；毕业之后，我不但要在一家报社工作，还要有个自己的专栏，这是最起码的——等我们的车开到第四十二街时，大萧条基本上已经结束了！（笑了起来。音乐）而且可笑的是，就在——（按住胸口）——这儿……尽管知道我们还要度过一段漫长的艰难日子，但我还是跟大多数人一样，满怀着那种在毫无希望的时刻所出现的愚蠢的期望等待着，等待那个梦从它隐藏的地方返回来，不管它现在藏身何处。（他戴上帽子，转身走开，走出那个照着他的光柱；这当儿，罗伯逊出现——他再一次是个头发灰白的老头儿，面带严肃的笑容）

罗伯逊 我过二十四岁生日的时候已经有了七位数的收入；当时考虑二十八岁就退休。我什么都干过——战地记者，广告人，工程师，我们还造了第六大道的一段地铁呐。我在许多国家工作过，可是我想，最使我触目惊心的，是从我河滨大道的公寓窗户往外看到的景象。那儿就像加尔各答，成千上万的人沿着哈得孙河岸，在河滨大道旁搭起硬纸板的箱子或铁皮盖的棚屋，住在里面。一到夜晚，他们的营火顺着长长的曼哈顿岛，像部队扎营那样点燃着。有几个夜晚，我下楼走到他们中间去；出乎意料的是，他们居然还有幽默感，当然人们仍然责怪自己而不是责怪政府。但任何一个社会都有一个在其上运行的时钟，你不禁想知道还要煎熬多久，这种状况他们还能容忍多久？有些夜晚，你几乎可以听到那钟声响彻夜空……（他用舌头弄出答答的钟声，定睛注视着前方，一直持续到……）

幕落

第二幕

　　　　　罗丝焦虑不安地在三角钢琴旁边走来走

　　去。她停下来，目不转睛，开始说话。

罗　丝　这架钢琴可不能让人从我这所房子里抬走。首

　　饰嘛，可以，可谁也不许把这架可爱的钢琴典当

　　了。(弹琴，唱《除了爱，我不能给你任何东

　　西，宝贝》的头一句)人们现在生出各式各样的怪

　　念头。我们街口那位华沙先生为了挣点钱，居然在

　　厨房里赛起蟑螂来了。把那些虫子装在火柴盒里养

　　着，上面还写着它们的名字——什么"阿尔文"

　　啦，"默里"啦，"欧文"啦……他们用五分的镍币

　　和一角的银币赌输赢。(拿起乐谱)哦，《甜姐儿》

那出戏多好看啊。(唱起《他爱，她也爱》的头几句)一年年地过去，连一场戏也没看，布鲁克林越来越漂进大西洋的海水里去了；曼哈顿都成了遥远的外国，一年也没去过一趟。(又接着唱《他爱，她也爱》)无论你往哪儿看，都可以见到大奖赛；家乐氏的啦，波斯特①的啦，中奖可以赢五千块钱到一万块钱。也许我也应当去试试运气，可是不知怎么回事，中奖人总是在印第安纳州。我只向上帝祈祷，让我们身体健康得能支撑下去，因为冰箱只要有一处出了毛病就全部失灵了。唱吧！(唱起《做—做—做你以前做—做—做过的事》的前几句)我得去一趟图书馆——借几本好书看看，不能再这样糊涂下去啦。除了钱、钱、钱，别的我什么也看不见，听不到……(弹舒曼的曲子，接着灰心丧气地停住，站起身来走进暗处。李和另外三个身穿学士袍、戴着学士帽的大学生出现在光柱下面。李穿着一件羊毛衫。他们组成一

---

① 家乐氏和波斯特是美国两家专门生产早餐和方便食品的企业，相互竞争甚烈。

个四重唱，唱《沿着老磨坊河畔而下》。他朝前走出来，其他三人哼着和声。罗伯逊出现，在一旁观望着）

李　世间最好的地方就是学校。两双袜子，一件衬衫——一件好衬衫，一件双排纽方格纹厚呢大衣，也许在图书馆打打零活儿，你就能生活得像个国王，几乎见不到一张现钞。

罗伯逊　难道这就是它得以维系的原因吗——人们发现他们真正需要的东西如此之少，这没准儿倒给了他们一种新的幸福。

李　就拿刮胡子的刀片来说吧，只要你经常把它放在玻璃杯里转着弯儿磨几下，一个刀片就可以锋利得用上半年——你得把刀片琢磨透了。

罗伯逊　自然还有一些惊人的好机会——有些让银行取消赎取权的一流产业，你花不了几个钱就可以把它买下来。

李　（又加入四重唱）嗨，我真希望明年那批家伙也会唱歌。（紧紧拥抱他的老朋友乔）这可能吗？乔！

乔　什么？

李　你现在是一位牙科医生了！（罗伯逊微笑着下）

拉尔夫　(伸出手)哦，很高兴这几年认识了你，李。

李　(握手)你决定干什么了吗?

拉尔夫　听说路易斯维尔有家小型飞机制造厂还在开
　　　工……

李　你选择推进器这门专业可太糟糕了。

拉尔夫　哦，他们早晚会再生产飞机的；如果再有战争
　　　的话，你等着瞧吧。

李　怎么会再有战争呢?

乔　只要有资本主义就会有战争，伙计。

拉尔夫　你知道，按《圣经》所说，战争永远会有的。
　　　如果没有的话，我也许就会进教会啦。

李　我可从来不知道你这样信仰宗教。

拉尔夫　只有那么几分信仰。你知道，教会的待遇不
　　　低，还外带住房和服装补贴……

乔　(走过来，伸出一只手)李，可别忘了读卡尔·马
　　　克思的著作。另外，你什么时候在我家附近感到牙
　　　痛，可以来找我。我也会留意你在报纸上写的
　　　专栏。

李　哦，我并没期望能在报馆里找到工作——各地的报
　　　社都关门了。你如果开了诊所，就给我寄张名片

来吧。

乔　可能会开在我女朋友父亲家的地下室里。他曾经答
应把地再往下挖挖深，好让我能直起腰来……

李　设备怎么样啦？

乔　如果我付得起一套旧的牙钻设备分期付款的头款，
我估计再过两三年就可以正式开业了。来吧，我可
以镶好那些让俄亥俄州立大学棒球队敲掉的牙齿。

李　我一定会来的！再见，鲁迪！

鲁　迪　不，你下学期还能见到我。

乔　你还住在校园里吗？

鲁　迪　也许，为了我的牙根管。一帮物理学家在劳伦
斯大街弄到了那种没人住的房子——屋子里稍微暗
了一点，因为窗户都用木板钉死了，不过不用付房
钱。而且只要我还在大学里修有课程，我就还有资
格享受公共医疗服务，可以完成我的牙根管治疗。

李　你是说你还有一门文学院的课程没上吗？

鲁　迪　是啊，我才发现，课程是"古罗马乐队的
乐器"。

乔　（笑）你别是在开玩笑吧！

鲁　迪　没有，那是古典文学系开的一门课"古罗马乐

队的乐器"。(把腮帮子往后扯)瞧，我这边还有三颗大的没弄好呢。(笑声)不过，要是真正考虑出路的话，我该往哪儿奔呢？芝加哥到处是人类学家。在这里，学校就像我的母亲——我不用出房租，靠洗盘子挣三顿饭，牙也给补好。天晓得，不定哪天早上我拿起报纸时会看到一条广告："征聘年轻漂亮的大学毕业生，牙齿良好，需精通古罗马乐队的乐器！"(笑声)

拉尔夫　好了，走吧，咱们要迟到了！我希望你毕业的时候，情况会好一些。李，反正我会注意在报纸上找你写的专栏看。

李　算了，我自己心里都没谱儿，但我没准儿会到密西西比河的明轮船上打工。

鲁迪　现在还有那种船啊？

李　有，还有一些。我想重走马克·吐温走过的旅程。

鲁迪　如果你碰见哈克贝利·费恩——

李　我会代你问候他。(哈哈笑着，拉尔夫和鲁迪开始往外走)

拉尔夫　打败俄亥俄州立，小子！

乔　(和李单独在一起，握紧拳头向他致敬)再见，李。

李 （还礼）再见，乔！（他们都走了。李独自一人，模仿拉响汽笛的动作。默默地自言自语……）嘟！嘟！（灯光暗。音乐。灯光突出照亮后方的地图，辽阔的美国国土展露无遗。灯光照着李。他上身赤裸，浑身油腻，用手擦脸上的汗）亲爱的妈妈和爸爸，这其实不算打工，因为他们并不付给我工钱，不过他们让我在船上的厨房里吃饭，我就睡在甲板上。密西西比河美极了，不过有时很吓人。昨天我们停泊在一个小镇的码头，他们正在那儿向闹饥荒的人发放肉和豆子。肉都长蛆了，卖肉的人用刀切肉的时候，您都可以看见蛆在往外爬呐。忽然有一个人用枪对准卖肉人，强迫他把政府付钱买的肉拿出来分发，那家伙把好肉都留着卖给他那些能付钱的主顾了。我一直在想马克·吐温会怎样来处理这样一种景象。我闹不清人们是怎样设法生存下来的。许多河岸上都搭起帐篷，住满了人。而且好几个月没下雨了，连天都干透啦。每个城镇里到处都是背靠着沿街铺面、坐在人行道上的人。他们要么瞪眼瞧着你，要么在打盹儿，就像中了邪似的。我一直想找出马克思主义的漏洞，可就是找不出来。我刚刚读了一篇文章，上面说，烟草行业十二名高管挣的工资比三万名烟农加起来的总工资还要高。因此这种事就发生了——工人们挣的钱永远买不起他们生产的产品。二十年代的繁荣景象其实是一个巨大的骗局。富人把人民掠夺得一干二净，而胡佛总统只会劝人要有信心！我还路过一些种玉米的田地，玉米就烂在地里不卖出去，警官们守着那些庄稼地，而人们却饿得倒毙在路旁——就要爆发一场革命啦，妈妈……（李下。灯光照着罗丝走进来；她正在读一封信）

罗　丝　　"……您可以嗅到那股气氛在蔓延。我打算寻找某种途径让革命发生。"可他要是当了共产党员，怎么能当体育记者呢？

　　　　　　〔三个人走进来，把三角钢琴的顶盖放
　　　　　　下来，罗丝犹疑不定，然后收拾起她的
　　　　　　乐谱，轻轻盖上琴盖。那几个人把钢琴
　　　　　　和琴凳搬走。她呆立在那里，脸上现出
　　　　　　精疲力竭的神情。她走进暗处。灯光照
　　　　　　在乔身上。他拿着一大篮鲜花。

乔 （面对观众）亲爱的李，听起来密西西比那边好像挺不错，几乎跟这里一样好。我眼下在一家妓院里写这封信。我到这儿来是想使我的神志恢复正常。情况就是如此。我决定再给自己一年时间。那之后我就会神经紧张得拿不起任何一样医疗器械了。也许现在我就很神经质啦，我害怕的就是这一点。我希望我错了，可我认为人们烦恼越多就越少提问题。这些人现在经常在纽约地铁站台上自言自语，那么专心一致，甚至误了自己那班地铁。精神错乱正在到处蔓延。让人不可思议的是，居然有那么多美国人跟在我屁股后面胡搅蛮缠。昨天，一个驼背矮子突然平白无故地冲我喊起来："你在宪法里找不到一个关于民主的字眼儿！这是个基督教共和国！"没有人笑。纳粹的卐字布满牙膏广告牌。我一直把鼻子埋在花篮里，可依然闻得到地铁里弥漫着的法西斯主义臭味。在第四十九街和第八大道交叉口，你花七分钱就可以买到两个美味的热狗。七分钱两个，卖的人还能赚几个钱呢？我期望在一个阳光明媚的清晨突然看见数以百万计的人涌出各个大楼，为了——我也不知道为了什么——互相残

杀，或是只杀犹太人，或是光坐在大街上号啕大哭吗？（一张床给推上来，伊莎贝尔上。乔又套上一条裤子）

伊莎贝尔　喂，你这样穿衣裳不难受吗？两条裤子？

乔　整天呆在地铁里怪冷的。那儿的风简直跟戈壁沙漠的风一样。唯一麻烦的是到外面去撒尿，时间得加一倍。

伊莎贝尔　你还卖书啊？

乔　只是为了自己读。卖完花后，我在回家的车厢里看看书，好不忘记英语这门语言。我整天听到的就是屎呙尿这类脏字眼。

伊莎贝尔　（翻阅那本书）这是讲家庭的吗？

乔　不完全是。这是恩格斯写的《家庭、私有制和国家的起源》。

伊莎贝尔　（大受震撼，翻开一页）噢！

乔　（突然心血来潮）嘿，你干吗不读一读这本书呢？我真想看看你读后的反应。你知道，这是马克思主义——说我们的一切关系基本上都是受金钱支配的。

伊莎贝尔　（点点头——仿佛她早已熟知）哦。对，可不是吗？

乔 ……不，我不是单指那一方面。（改变主意）尽管，
也许——

伊莎贝尔 整本书都是讲那个吗？

乔 嗯，恩格斯打算改变这种状况，你知道。有了社会
主义，姑娘们就都会有正经工作干，而不用干这
个啦。

伊莎贝尔 那小伙子们干什么呢？

乔 （只略微激动地）嗯……他们就得，嗯……比如说，
我如果有钱开个诊所，也许很快就会结婚。

伊莎贝尔 可是结了婚的男人也来我这儿啊。（欢快
地）我还接待过你带来的那两位牙科医生呢……伯
尔尼和艾伦吧……他们都已经有了诊所。

乔 （不安地）你不明白。他要说明的是在我们的理想
之类的幌子下，人与人之间的关系其实都建立在经
济基础上的。而且不应该是这样。

伊莎贝尔 那你的意思是说应该建立在，比如说……爱
情上吗？

乔 （不大肯定地，不过……）呃……就某方面来说
是的。

伊莎贝尔 哦！那好呀。（又打开书）我愿意读一读这本书。

乔 可你别以为这是一本爱情故事书，这基本上是理论人类学。

伊莎贝尔 （惊讶地）噢，那我恐怕没时间读啦。（不好意思地把书还给他）不过嘛，我打算告诉你——我认识一个挺不错的放高利贷的家伙，他或许可以借给你钱买套牙钻设备。

乔 我已经借得太多了。喏，给你一朵康乃馨。

伊莎贝尔 哦——谢谢，嘻——你还是留着把它卖了吧。

乔 不用，收下吧。你的想法我领情了。这是付给你的钱。（递给她一张钞票，戴上一顶羊毛帽）也许下星期我再来，好不好？

伊莎贝尔 可你能不能晚点来，嗯？大清早的我还累着呢。

乔 我得赶在那些办公室里的姑娘上班的时候出来——她们喜欢顺便买朵花放在办公桌上。而且我喜欢你在大清早的模样，你看上去那么清新，给我留下一种幻想——伯尔尼把你的牙镶好了吗？

伊莎贝尔 （张开嘴）镶好了，昨天他还给磨了磨光。

乔 （往嘴里看一下）伯尔尼真不错，我告诉过你，我们是同班的。再碰见他时，代我问个好。

伊莎贝尔 他说也许五点钟过后来，他还问你好呐。

乔 嗯，也代我问他好吧。

伊莎贝尔 我在认识你之前可从来没有认识这么多牙科医生。（罗伯逊出现）

罗伯逊 大量极端分子的游行队伍，就像在跑道上轰鸣但从未起飞的飞机，让我不禁沾沾自喜。他们个个怒气冲天，言语刻毒，憎恨劳动，憎恨犹太人，憎恨黑人，憎恨外国人。有时候，政治空气中也会散发出一股仇恨的恶臭。可是顶糟糕的是，过两三年，你就知道谁也没有一种能真正解决危机的办法……根本没有；但是危机却越来越深地侵入人的骨髓。

　　　　　　［灯光照在李的身上。他身穿粗布工作服，坐在一个柜台旁，正在吃一片西瓜。黑人店主艾萨克正在擦他刚才推上来的柜台。

艾萨克 你在这条河上干很久了吗？我以前没见过你，

118

对吗？

李　没有，这是我头一次顺着这条河旅行，我是从纽约
　　来的——我只是到处看看，跟各地人聊聊。

艾萨克　你要看些什么呢？

李　没什么——只想了解这一带都发生了些什么。你听
　　说过马克·吐温吗？

艾萨克　他是这儿的人吗？

李　嗯，很久以前啦。他是写小说的。

艾萨克　哦，哦。我在这一带没见过他。你到邮局打听
　　过了吗？

李　没有，但我也许会去。没想到这年头在这儿卖西
　　瓜，一片能赚一角五。

艾萨克　哦——白人喜欢吃西瓜。北方情况也这么
　　糟吗？

李　也许没这么糟——我可不愿意当你们这儿的人……
　　尤其是在大萧条的时候。

艾萨克　先生，如果要我告诉你点千真万确的事，那就
　　是大萧条终于让白人也受到了冲击。因为我们这些
　　人一向一无所有。（朝后台望去）得，现在——来
　　了个大人物。

李　他是个麻烦角色吗?

艾萨克　他是个想怎么样就怎么样的人——他是警长。

> [警长上——挎着一支带皮套的手枪,佩着徽章,脚蹬皮靴,头戴宽檐帽,腋下夹着一样东西。他默默无言地注视着李。

李　(紧张,略表歉意)我是从船上下来的。(指着后台)

警　长　我不是来打听你的,孩子——别紧张。(他坐在柜台前,把一包东西放下,然后严肃地转向艾萨克。李退到一旁,默默地望着)艾萨克?

艾萨克　是,警长。(沉默片刻……)

警　长　……坐下。

艾萨克　是,警长。(他在另一张凳子上坐下来,纳闷警长为什么专程来找他,但并不害怕。由于警长好像有什么事要说,却又说不出口,他便先打开僵局)天好像要下雨啦。

警　长　(心事重重)唔——说不准。

艾萨克　是啊……在路易斯安那总是这样——有什么事

要我为您效劳吗，警长？

警　长　看了今天的报纸了吗？

艾萨克　您是知道的，警长，即使一架飞机在空中拼出我的名字，我也认不出来。

警　长　我的表兄艾伦，那位州参议员？

艾萨克　怎么样？

警　长　州长刚刚任命他。他要协助管理州警察局了。

艾萨克　是吗？

警　长　星期五晚上，他要到我家来吃晚饭，带着他的老婆和两个女儿。我打算跟他谈谈，请他在州警察局给我谋个差事。他们现在还付给州警察工资，明白了吗？

艾萨克　哦，那敢情好，对不？

警　长　艾萨克，我想让你在星期五晚上六点钟左右给我做几只你拿手的炸鸡，行吗？我到时来取。

艾萨克　（未表可否）唔。

警　长　要够……让我看看……（数他的手指头）……八个人吃的。我兄弟和他老婆也要来的，因为我打算给艾伦举办一个小小的宴会，好让他给我美言几句，知道吗？

艾萨克　唔。(一阵窘迫的沉默)

警　长　八个人吃的要多少钱,艾萨克?

艾萨克　(当即)十块钱。

警　长　十块。

艾萨克　(略表同情地)是的,警长。

警　长　(稍顿。打开包,拿出一台收音机)我这儿给你看样东西,艾萨克。你看,我的收音机。

艾萨克　(用手摸摸)有响儿吗?

警　长　当然有!声音好着呐。两年前我花了二十九块九角五买来的。

艾萨克　(看收音机后面)我能插上插头吗?

警　长　当然可以,插上吧。你这个地方粉刷得真漂亮。真像个饭馆。你应当感谢上帝,艾萨克。

艾萨克　(拿出电线,插上插头……)那当然,感谢上帝和炸鸡!

警　长　你知道县里已经有三个月没给任何人发工资了……

艾萨克　是啊,我知道。开关在哪儿?

警　长　拧一下那个圆钮就行了。就这样。(开收音机)州警察现在还拿得到工资,你知道。我估摸着,

如果能让艾伦把我安插在……(收音机播出音乐。声音很弱)

艾萨克　不大听得见呀。

警　长　(生气地)妈的,艾萨克,得把天线拿出来啊!(从收音机后面掏出一根电线)你给我一顿八个人吃的炸鸡,我就让你留下这玩艺儿做抵押,行吗?得,这样就行了。

　　　　　　〔警长拿着天线往后退,把它拉长;罗斯福的声音突然响起来。警长站住不动,天线举得高高的。李也全神贯注地倾听。

罗斯福　猜疑的乌云,恶意和急躁情绪的浪潮在不少地方暗中积聚。在我们自己的国土上,我们确实享受着生活的完整……

警　长　要好一点的肥鸡,听见了吗?可别给我那种小个儿的老柴鸡。

艾萨克　(指罗斯福)说话的人是谁?

罗斯福　……比其他大多数国家更伟大。但是,现代文明的急流本身给我们带来了新的困难……

警　长　像是个北方佬在说话。

艾萨克　嘘！（对李）嘿，是罗斯福，对不对?!

李　对。

艾萨克　没错——是总统！

警　长　怎么样，咱们就说定了？（艾萨克脑袋贴着收音机，聚精会神地听着。李走得更近些，也俯身倾听）

罗斯福　……如果我们要为美国维护华盛顿和杰斐逊所计划并为之战斗的政治和经济自由，就必须解决新出现的问题。我们所寻求的，不仅仅是使政府成为一个机械工具，而是要赋予它体现人类博爱的充满活力的个性。如果这个国家不能从美国生活的各个深渊里，解除失业者觉得自己在这个世界上是多余的人的那种黑暗恐惧，那我们就太可悲了。我们负担不起在记录人类坚忍不拔的精神的账册中积累一笔赤字。

　　　　　〔连警长也被讲话内容吸引住了，收音机的声音逐渐消逝……艾萨克听着，警长手中仍然拿着天线，灯光开始暗下去。在上述时间里，李离开艾萨克和警长，这时一群失业者上，他们停

> 在一位社会救济工作人员面前，后者
> 发给每人一张标着号码的小纸条，然
> 后他们又鱼贯而出。李在一块空旷的
> 场地上焦虑地环视四周。这当儿，莫
> 出现，跟他相会。莫显得十分不安。

李　喂，爸！真高兴您能上这儿来。

莫　等一下，李，在咱们走进去之前……

李　爸，如果您觉得太难为情的话……

莫　你对自己要做的这件事确实有把握吗……因为我在
　　报纸上清楚地看到，谁想要工作的话，可以直接到
　　公共事业振兴署去，他们就会给你安排。

李　本来是这样的，可现在变了。只有靠救济金生活的
　　人才能得到公共事业振兴署安排的工作。

莫　我不明白……

李　因为现在有一千六百万人失业。他们没法给所有的
　　人都安置一份工作。

莫　那罗斯福一直在说什么废话呢？

李　他也许认为情况会好转，可事实上却没有，因此您
　　现在就必须是赤贫得符合公共事业振兴署所要求的
　　条件。

莫　（指着那一排人）这么说，这儿不是公共事业振
　　兴署。

李　爸，我早就跟您说过了，这儿是失业救济办事处。

莫　像……社会福利。

李　您瞧，如果您感到难为情的话——

莫　听着，如果事情非得这么办，那就这么办吧。现在
　　让我再过一遍——我该怎么说来着？

李　您不让我住在家里。咱们爷儿俩合不来。

莫　你为什么不能住在家里？

李　我如果住在家里，就不需要救济了。这是原则。

莫　好吧。那么我一见你就受不了。

李　对。

莫　那么你就跟你的朋友合租一间屋住。

李　正确。

莫　……可他们会相信吗？

李　凭什么不信呢？我有好几件衣服放在那边呐。

莫　做这一切就是为了每星期拿二十二块钱吗？

李　（发怒）我又有什么办法呢？连那些老报人都失业
　　了——您知道，我要是能进公共事业振兴署的作家
　　项目，至少可以学点经验，等以后碰上个真正的好

工作就好应付了。我已经跟您解释了十几遍，爸，
这一点儿也不复杂。

莫　（不满意地）我只是想适应一下。好吧，咱们走吧。
　　（他俩拥抱。接着说）咱们得装出不大和睦的样子，
　　对不对？

李　（笑）就是这么回事！

莫　我不喜欢你，你一见到我也腻味。

李　对了！（笑）

莫　（假装发火，冲着天）他居然还笑得出来呐！

　　　　　　〔失业人群上，一排仓库里用的吊灯从
　　　　　　上面降下来，照亮场景；一张桌子和
　　　　　　一把椅子给带到舞台中央。社会救济
　　　　　　工作人员瑞安提着皮包上。人们四处
　　　　　　站着，就像是在一个临时紧急救济办
　　　　　　事处里那样。其中有黑人和白人，老
　　　　　　头儿和小伙子。莫四下里张望。

罗伯逊　这些日子我走了不少路。各处反差之大简直叫
　　　人吃惊。曼哈顿西海岸沿岸足足停着八艘或十艘世
　　　界上最大的远洋客轮——我记得其中有"S．S．曼

哈顿"号，"贝林加利亚"号，"美利坚合众国"号，其中大多数再也不会航行了。可是与此同时，世界上最高的大楼帝国大厦却正在建造起来。但当整条大道、整条街的商店里都是空的时候，谁又会去那座大厦租块地盘呢？我简直不能相信它能维持多久。我原本从来，从来不相信我们不可能再复苏。可是一年年过去了，整整一代人在他们最好的年华中枯萎下去……（照在他身上的灯光灭）

莫　（接着讲）咦！这儿有些人还挺体面咧。

李　当然。

瑞　安　（身为主管，坐在写字台前）马修·瑞·布什！（一位挺有派头的四十五岁男人站起来，穿过舞台，跟着瑞安走出去）

莫　这人像个管家。

李　也许就是。

莫　（伤感地摇摇头）唔！（后面有个年轻女人——格雷丝，她抱着的婴儿哭了起来。莫回头瞧瞧，接着凝视前方）李，要是他们给你一个抡铁锹使锄头的活儿怎么办？

李　我也干。

莫　到街上去挖坑吗？

李　那也并不丢脸，爸。

卡普什　（近七十岁，斯拉夫人，蓄着小胡子，极端沮丧）把一个名字跟香肠一样的人——一个弗兰克福特①——放在最高法院，你对这样一个国家还能抱什么期望呢？费利克斯·弗兰克福特，你们不信可以去查查看。

杜　根　（从房间另一端）你这只报时鸟，滚回你的钟匣子里去吧！

卡普什　（生气地转身面对杜根时，撞了一下坐在他旁边的黑人妇女艾琳）是谁在这样跟我说话？

艾　琳　（中年黑人妇女）嘿，先生，可别把我扯进去！

杜　根　告诉他吧，告诉他吧！（瑞安跑进来。他面色苍白，背心里塞满了钢笔和铅笔，手里拿着一沓文件。一个疲惫不堪的人）

瑞　安　又要打架闹事吗，伙计们？专为这事来的吗？卡普什先生，我接连告诉您三天了，您如果住在布朗克斯区，就得到布朗克斯区去申请。

---

① Frankfurter，首字母小写即有"法兰克福香肠"之意。

卡普什　没关系，我再等等。

瑞　安　（走过杜根身旁）你别招惹他，行不？他有点
　　　　心烦意乱。

杜　根　他是个法西斯分子。我在联合广场上见过他好
　　　　几次。（艾琳把她那根手杖往桌子上砰地敲一下）

瑞　安　哎呀，老天啊……又开始了。

艾　琳　都快十点钟了，瑞安先生。

瑞　安　我已经尽了最大的努力，艾琳……

艾　琳　上帝创造傻瓜蛋时也是这么说的，不过他后来
　　　　决定再使把劲儿。人们被轰到人行道上去，连同他
　　　　们的床垫，锅盆碗罐什么的一切东西都给扔了出
　　　　来，就在第一百三十八街上。他们今天要是回不去
　　　　自己的公寓住处，我们可就真要大闹一番啦。

瑞　安　在下个月一号之前，我没有款子再拨给你了，
　　　　就是这样，艾琳。

艾　琳　瑞安先生，你不是在跟我说话，你是在跟工人
　　　　联盟第四十五分会说话呐，你明白这意味着什
　　　　么吧。

杜　根　（笑）共产党。

艾　琳　对了，先生，他们可不闹着玩儿。所以你干吗

不赶紧往华盛顿打个电话。打通了，你就提醒一下罗斯福先生，上次选举时我动员了第一百三十九街的选民投他的票来着。他如果还要这些票，最好赶快动手干活儿吧！

瑞　安　天呐！（急忙走开，但是李上前想拦住他）

李　　您让我把我爸带来。

瑞　安　什么？

李　　昨天。您跟我说——

瑞　安　别跟着我，行不行？（急匆匆下）

杜　根　这个国家最后会沦落成人们在树顶上互相扔椰子。

莫　　（轻声对李说）我希望十一点前能离开这儿，我约了一个买家。

托　兰　（翻开《每日新闻报》，他就在莫旁边）好家伙，瞧瞧这条新闻——海伦·海丝为了扮演维多利亚女王要增重四十磅。

莫　　那是谁？

托　兰　英国女王。

莫　　她有那么胖吗？

托　兰　维多利亚吗？她壮得像匹马。当初我有自己的

131

出租车时，还载过海伦·海丝，那时她还是个小姑娘呐。还有一次载过阿道夫·门吉欧——他那时年纪也不大。我甚至还载过一次阿尔·史密斯，那是他当州长很久以前的事了。他个头也真小。

莫　也许你的车本来就小。

托　兰　你这是什么意思？我那辆是正规的福特车。

莫　现在没了吗？

托　兰　有什么办法，如今没人打车了。整个城市人人都在步行。我当初花五百块钱买了一辆全新的福特，包括保险杆和一个备胎。但是感谢上帝，我现在至少进了政府的公房项目。挺好，价钱也还公道。

莫　房钱多少啊？

托　兰　每个月十九块五。听上去不便宜，可我们有三间挺好的房间——不过这还得看我能不能从这儿得到一点补助。你是干哪一行的？

莫　我现在搞推销。我原来有自己的买卖。

托　兰　原来啊。现在甭管跟谁说话，都会听到"我原来怎么怎么样"。他们要是不采取点措施的话，我敢肯定，早晚有一天这里也会变成"原来"是个国家。

卡普什　（发火）无知！无知！人民根本不了解实际情

　　　况。这里有全世界最了不起的公共图书馆系统，可

　　　是除了犹太人之外，谁也不进图书馆。

莫　（朝他看一眼）啊哈。

李　他是什么人啊，易洛魁人①吗？

杜　根　他是个法西斯分子，我瞧见过他在联合广场上

　　　演讲。

艾　琳　团结吧，乡亲们，黑人和白人团结在一起，我

　　　们必须这样。加入工人联盟吧，每月缴一角钱，你

　　　就能得到点团结友爱。

卡普什　谁要是能在宪法里找到民主这个词，我就算是

　　　佩服他。这还算个共和国呢！民主这个词的词根在

　　　希腊语里就是暴民的意思。

杜　根　（学报时鸟的叫声）咕咕！

卡普什　去取我存的钱，银行却倒闭了！四千块就这么

　　　没了。干了十三年五金行业，一周一周慢慢存起来

　　　的钱。

_____

　　① Iroquois，北美印第安人，原住密西西比河下游，后移居五大湖流
域。

杜　根　精神下泻。

卡普什　暴民政治。他们就知道，给我，给我，给我。

杜　根　那你在这儿干什么呢？

卡普什　罗斯福当初是手按荷兰文《圣经》宣誓就职的！（沉默）有人知道这事吗？（对艾琳）我敢说你就不知道，是不是？

艾　琳　你让我头痛，先生……

卡普什　我并不反对有色人种。有色人种从来没把我的店铺抢走。这儿是我的存折，瞧见没有？美利坚合众国银行，瞧见没有？四千六百十块三角一分，没错吧。这笔钱到谁手里去了？十三个年头一周一周积攒起来的。我的钱到谁手里去了？（他站起来。他的愤怒造成片刻沉默。马修·布什走进来，身子直晃悠。瑞安上）

瑞　安　阿瑟·克莱顿！（克莱顿走向瑞安，并指着马修·布什）

克莱顿　我看他有点不对头——（布什晕倒在地。一时没人动窝儿。随后艾琳走过去，俯身看他）

艾　琳　喂，喂，先生。（李走过去，扶他起来，坐在椅子上）

瑞　安　（朝左侧喊）米尔娜，快去叫救护车！（艾琳轻拍几下布什的面颊）

李　　您好点了吗？

瑞　安　（四处张望）克莱顿？

克莱顿　我就是克莱顿。

瑞　安　（手里拿着克莱顿的申请表）你不符合领救济金的条件；你还有家具和贵重物品，对不对？

克莱顿　可没有任何能换现钱的玩艺儿。

瑞　安　怎么不能呢——这是你的住址吗，格拉梅西公园南路？

克莱顿　（发窘）这并不能说明什么。说实话，我已经好几天没吃东西了……

瑞　安　那你交房租的钱是从哪儿来的？

克莱顿　我已经八个多月没付房租了……

瑞　安　（要走开）算了吧，先生，你有贵重物品和家具；你不能——

克莱顿　我很擅长数字，我是干经纪人的。本想如果能找到一个……比如说，需要统计数字之类的工作……

艾　琳　他人都快饿死了，瑞安先生。

瑞　安　怎么，你现在又成大夫了，艾琳？我已经叫救护车了！你现在别再没事找事啦，行不行？（回到自己的写字台前。克莱顿站在那里，不知所措）

艾　琳　格雷丝？你那个瓶子里还有奶吗？

格雷丝　（在后面一排，怀里抱着一个婴儿，把手里只剩一英寸奶的奶瓶伸出来）没剩下多少了……

艾　琳　（接过奶瓶，拔掉奶头盖儿）好了，先生，现在张开嘴。（布什咽下奶）喏，你们瞧见没有？这人都快饿死了！

莫　　（站在那儿，手掏口袋）这儿……唉……老天爷。（掏出些零钱，拿出一枚一角钱的硬币）为什么不叫人去给他买瓶牛奶呢？

艾　琳　（朝后面喊）露西——

露　西　（一个年轻姑娘走上前来）来啦，艾琳。

艾　琳　快到路口那儿买瓶牛奶来。（莫递给露西硬币，她急忙从右侧下）带几根吸管儿来，亲爱的！你的情况可不妙啊，先生——干吗等这么久才来申请救济呢？

布　什　唉，你知道，我就是不喜欢转这个念头。

艾　琳　是啊，我知道——你是个地地道道的资产阶级
　　　　人士，让我告诉你——

布　什　我是个药剂师。

艾　琳　这我也相信——你太有教养了，都快死了也不
　　　　情愿喊一声兄弟。现在让我告诉你们这些人。（冲
　　　　人群讲话）现在是称兄道弟的时候啦。我丈夫死掉
　　　　了，给我扔下三个孩子。没有钱，没有工作——我
　　　　差一点儿就把脑袋塞进煤气炉子。赶巧那时市法院
　　　　执行官来了，拿走了我的五屉柜、床和桌子，撇下
　　　　我一个人坐在屋子当中的一个破柳条筐子上。于是
　　　　我灵机一动，先生，想到干脆豁出去算了。我可真
　　　　豁出去了，走到大街上，大喊大叫起来，真跟个恶
　　　　婆子一样。民众一拥而上，把法院执行官的大卡车
　　　　团团围住，你还没闹清楚怎么回事，执行官就两手
　　　　空空、灰溜溜地回城里去了。那时我才看清、认清
　　　　团结的力量；后来我开始四处宣传团结。我还给自
　　　　己弄了一根拐棍，只要我一用它打拍子，一大群人
　　　　就开始按照节拍向前进。我们决不会动摇，对，我
　　　　们决不受人干扰。有些日子，我拎着公文包上法
　　　　庭，跟那些法官玩命。每次我去法庭，那些警察就

抱怨："那个律师老太婆又来了！"可我的公文包里只放了些撕烂的报纸和一袋辣椒粉。如果有哪个警察动手推搡我，辣椒粉就能派用场。要是法官碰巧是天主教徒，我这里面还有一串念珠，我故意让十字架链子耷拉在包外面，好让他们以为我也是天主教徒……

露　西　（拿着一瓶牛奶进来）艾琳！

艾　琳　拿到这儿来，露西。现在你慢慢喝吧，先生。慢点，慢点……（布什一口接一口地呷着。人们又回到后面干自己的事去了，有的看报纸，有的呆视前方）

瑞　安　李·鲍姆！（李连忙走到莫身边）

李　有！好了，爸，咱们去吧。（李和莫走到瑞安的写字台前）

瑞　安　这位是你的父亲吗？

莫　是我。

瑞　安　（对莫说）他现在住在哪儿？

李　我不住在家里，因为——

瑞　安　让他回答。他现在住在哪儿，鲍姆先生？

莫　嗯，他……他在外边租了一间屋。

瑞　安　你打算坐在这儿对我说，你不让他进家门吗？

莫　（挺费力地）我不让他进家门，不让。

瑞　安　你是说你是那种人，如果他按门铃，你打开门，一看是他就不会让他进门吗？

莫　嗯，当然，如果他只是想进来——

李　我不愿意住在那里——

瑞　安　我不管你愿不愿意，小伙子。（对莫）你会让他进去，对不对？

莫　（生硬地）……我一看见他就心烦。

瑞　安　那我刚才怎么看到你们爷儿俩坐在一起聊了两个多小时。

莫　我们不是在聊天……我们是在争论，在吵架！

瑞　安　因为什么吵架？

莫　（控制不住自己，发起火来）谁能记得住？我们就是在吵，经常吵个没完……

瑞　安　鲍姆先生，你瞧……你是有工作的，对不对？

莫　工作？我当然有工作。瞧瞧这个。（举起一张折起来的《纽约时报》）你自己看看这个广告吧。美西公司，对不对？女式长衬衣，正宗日本丝制品，上面有手绣的花边，每件售价两块九角八。每卖出一件，我的老板赚四分钱，我得一分钱的十分之一。这就是我的工作收入！

瑞 安　你会让他进家门吧。（他不安地动了动）

莫　我决不让他进家门！他……他什么都不相信！

　　　　［李和瑞安惊讶地看着莫，莫自己也由于这阵冲动而站不稳，接着转身离去。瑞安看一眼李，信服了，随即在一张申请表上盖个章，交给他。

李　谢谢你。（转身面对前方。那些来失业救济办事处的申请人下。头顶上方那一排吊灯升上去后消失，舞台上只剩下一张写字台。灯光照在伊迪身上。她正在一个画架前工作。李在圆柱灯光下，对观众说）任何一个有自己房子住的姑娘都是美丽的。她一个星期挣三十六块钱。她属于给《超人》连载漫画写对话的作家之一。伊迪，我能住在这儿吗？

伊 迪　嗨，李，原来是你——当然可以。等我干完活儿，我给你在躺椅上铺一条被单。你要是有衣服要洗，就扔进厨房的水槽里。我待会儿要洗衣服。

（她继续工作，李站在她背后）这一段准保精彩。

李　你居然能这样埋头干下去，真叫我感到惊奇。

伊　迪　这有什么！超人是启发阶级觉悟的最伟大的导师之一。

李　真的吗？

伊　迪　当然。他永远站在正义一方。在资本主义社会根本就不可能有正义，所以其中的含义是很了不起的。

李　你一谈政治就美极了，你知道吗？你的脸就光彩照人——

伊　迪　（微笑）别犯你那资产阶级蠢劲儿啦。

李　伊迪，我今天晚上能睡在你的床上吗？

伊　迪　你是打哪儿想出这个主意来的？

李　我寂寞。

伊　迪　那你干吗不加入党呢，老天爷！

李　你不感到寂寞吗？

伊　迪　（脸绯红）我不一定非得跟人睡觉才能建立起跟人类的连结。

李　算了，忘掉我刚才说的话吧。我为自己感到羞耻。

伊　迪　我真不明白一个懂马克思主义的人怎么能脱离

斗争。你感到寂寞是因为你不愿意成为历史的一部分。你干吗不加入党呢？

李 ……我想我是不愿意毁了我的好机会；我想当一名体育记者。

伊 迪 也许你可以给《工人日报》体育版写点东西啊。

李 《工人日报》体育版？别开玩笑啦。

伊 迪 你可以帮助它提高水准嘛。

李 跟我说实话。你当真认为这个国家可以走社会主义道路吗？

伊 迪 你一直呆在哪儿来着？我们正生活在前所未有的阶级觉悟的最大跃进当中。每星期都有成百上千的人加入党！你干吗抱着这种该死的失败主义态度呢？

李 前些时候，我在密歇根州弗林特市正好遇到静坐罢工。我想写一篇特别报道，试着投稿卖掉。那是一次叫人十分困惑的经历。他们的团结足以使你落泪。但是，我后来采访了其中大约三十个人。你也应该跟他们谈谈。

伊 迪 当然他们的思想还很落后。这我知道。

李　他们不落后，他们很正常。正常地反对犹太人，反对黑人，反对苏联。他们在建立工会，这很好，但是他们的头脑里却充满了偏见。

伊　迪　你怎么能说出这样的话来？

李　我跟三十个人谈过话，伊迪，我只找到一个懂得什么是社会主义的人。底特律有一个公开的组织，叫做"白山茶骑士团"——

伊　迪　我知道那个组织。

李　里面净是汽车工人。我主要是想说，我担心来不及拯救这个国家了。我是说，你不是也担心这一点吗？还是说你不担心？

伊　迪　你真要我回答吗？

李　对，我要你回答。

伊　迪　明天我们要去意大利领事馆外抗议示威；墨索里尼正派兵参与西班牙内战。来吧。干点事儿。你是那样喜欢海明威的作品，听听他是怎么说的。"单独一个人他妈的没什么好的。"连他那样颓废的人都在进步。如果你想变好，你就必须相信。这真的是最后的斗争啦，就像那句歌词所说的那样。西班牙人民在斗争，他们会赢得胜利；法国工人现在也会随时起来消灭纳粹主义……

李　你的脸那么美，每当你——

伊　迪　任何人都可以是美的，只要他所相信的是美的。我相信我的同志们。我相信苏联。我相信工人阶级在这里、在其他各地都会取得胜利，我还相信人民一旦掌握了政权，世界和平就会来临。

李　……可是现在呢，伊迪？

伊　迪　现在不要紧。要紧的是未来！（她把手从他的手中抽出来，一瘸一拐地走到她的写字台前）我得把这段对话写完。我一会儿就给你收拾好床铺。

李　你真是个了不起的姑娘，伊迪。现在我领到了救济金，我带你出去吃一顿吧——我是说，由我来付钱。

伊　迪　（微笑）你可真够可以的。为什么必须你付钱，就因为我是女人吗？

李　对。我倒忘记了这一点。（他站起身来。她继续工作。他溜到她身后，看她的作品）你为什么不让超人跟人上床，或者甚至结婚呢？

伊　迪　超人太忙啦。（她面带微笑，继续工作，李突然弯下腰，把她的脸转过来，亲吻她。她起先接受，随后将他的手推开）你在干什么！（他低头望着她，有点发窘。她看上去要哭出来似的，生气地躲开）亏我还当你是个正经人！（她站起身来）

李　你忽然看上去那么美……

伊　迪　可你并不想要我！你干吗把事情弄得那么轻浮？你对什么都没有真正的信心，是不是？

李　非要我同意你所相信的一切，然后我才能——

伊　迪　对！这完全是一回事。事事都相互关联。你看待汽车工人的那种讥诮的态度，让你装出一副认真谈话的样子，但你真正想的却是爬上我的床。

李　我不明白汽车工人跟这有什么关系——

伊　迪　我不得不请你别睡在这儿。

李　伊迪，就因为我不完全同意你的观点，难道——

伊　迪　我现在叫你走。你不是个好人！（她蓦地哭起来，站起身走进暗处，李转身冲着前方）

李　亲爱的妈妈，从尚普兰湖畔向您问安！我今天拿到了工资，正挥霍公共事业振兴署给我的这笔钱呐。我买了一件羊毛衫和一双暖和的手套——这里已经相当冷了。可是这里的空气纯净极了，吸进去都能叫人沉醉。我干的工作妙极了；我们在调查纽约州整个地区，以便设计出一份详细的历史指南，公共事业振兴署正在全国各个地区做这件事。我正在采访一些参加过独立战争时期泰孔德罗加堡战役的战士的直系后裔。他们都问候您。您还在惦记那架失去的钢琴，我感到很难过；不过要像您所说的那样，往回看是没用的。过几个月我就回来看望您。李敬上。附言：我猜一定是您在我的外套口袋里放了那张十块钱的钞票。家里情况好些了吗？请千万告诉我实情。

〔在这段时间里，罗丝已经出场，坐在桌前洗纸牌。接着，外公、罗丝的妹妹范妮、外甥女露西尔，以及穿着晨衣的多丽丝陆续上。他们都自己带着椅子，围着桌子坐下，打起牌来。外公在一旁看报。

罗　丝　你老穿这件晨衣，都快把它穿破了，多丽丝——你为什么总是不整整齐齐地穿好衣裳？

多丽丝　嗐，反正咱们只在这个旯旮里生活。

罗　丝　你这样年纪轻轻的，却几乎从来没离开过这个街区。

多丽丝　西德尼真的希望我拿到高中毕业文凭！

罗　丝　可你首先得把衣服穿整齐啊。

李　在那个七月，布鲁克林的居民就这样度过漫漫长日！因为房子受热气烘烤，阁楼上难闻的气味顺着楼梯渗下来。街道上好像不再有任何活动，人们都呆在家里，一边醉生梦死地玩纸牌，一边期待时机好转。脑中总是下意识地担心门铃响——除了流浪汉或者收账人之外，还会是谁呢？从科尼岛到布鲁克林桥一带，几千副纸牌让人默默地打着。（李下。范妮一面盯着手中的牌，一面从胸口上掸掉什么东西）

罗　丝　集中点精神——待会儿再掸掉你的头皮屑吧。（别人都笑了）

范　妮　（笑，但是有点不高兴）不是头皮屑！是一根线。

罗　丝　她的头皮屑会是线哩。（对露西尔说）你的妈妈！

露西尔　您知道她实际上叫我跟两个妹妹回家来干什么吗？

范　妮　那有什么可大惊小怪的!

露西尔　让我们来花一个下午的工夫给她打扫房子!

范　妮　这又有什么不对呢? 你们刚长大那会儿, 咱们过得多开心啊——母女四个一块儿, 老是打扫个没完没了的。

罗　丝　那是魔怔了。

范　妮　(擦脸上的汗)这儿真热得像个烤箱, 罗丝……

露西尔　我都快晕倒了。

罗　丝　可别晕倒。房子后面的窗户都关着呐。咱们得让人以为不在家。

范　妮　可是这样没有过堂风——为了爸爸的缘故……

露西尔　你为什么不能开着窗户并装作家里没人呐? 有人叫门就甭开。

罗　丝　我不想碰运气。那收账的是个老练的家伙。我亲眼见过; 如果有一扇窗户开着, 他就想法子偷听里面的动静。他们狠极啦……我叫斯坦尼斯劳斯去买柠檬了, 咱们待会儿有冰镇柠檬水喝。出牌啊……

范　妮　我不信他们真会把你们轰出去, 罗丝。

罗　丝　你不信？醒醒吧，范妮，你可不能再那么天真善良啦——那是一家银行——但愿我们这么多年辛辛苦苦存进去的钱噎死他们！现在去跟他们要两百块钱，可他们……（落下泪来）

范　妮　罗丝，亲爱的，别难过——你等着瞧，情况会好转。莫也很快就会找到差事的，像他这样有名望的人……

罗　丝　要是我们不那么糊涂，我也就不在乎了！他办了一个那么好的企业，却让一帮傻瓜兄弟把他吸干了。

露西尔　他难道不能跟他母亲借点儿钱吗？

罗　丝　老太太说现在正是大萧条，她爱莫能助。可同时呢，她手上戴的钻戒亮得晃眼。那还是他给她买的！人心难测啊！我跟你说，下次我要是再开始相信什么人什么事的话，我巴不得先割掉自己的舌头！

多丽丝　也许李该回来帮着想想法子？

罗　丝　绝对不要！他会思考自己的想法，面对事实。从我们身上他什么也学不到。让他自己帮自己吧。

露西尔　可是干起共产主义——

罗　丝　露西尔，你懂得什么是共产主义吗？又有谁懂得这个呢？报纸吗？报纸上说股票市场盘价永远不会再往下跌。

露西尔　可他们反对上帝啊，罗丝姨妈。

罗　丝　你居然这样虔诚地信仰宗教，简直让我太高兴啦，不过露西尔，请你以后千万别再跟我提起这件事！

范　妮　（站起身来要走开）我马上就回来。

罗　丝　现在她要去往自己手指头上撒尿，为了走运。

范　妮　得了得了，我不去行了吧。（又回到自己的座位上）

罗　丝　咱们到底在玩什么，多丽丝——是玩纸牌呢，还是木头人？（多丽丝坐在那里，不知所措地瞧着纸牌）

外　公　（放下报纸）他们干吗需要这次选举呢？

罗　丝　什么干吗需要这次选举，您这是什么意思？

外　公　大家都知道罗斯福会再度取胜。我仍然认为他太激进，不过再来一次选举实在是太浪费钱了。

罗　丝　爸爸，您在说什么——已经四年了，必须再来一次选举啊。

外　公　干吗呢——除非他们决定推举他当皇帝……

罗　丝　皇帝!

范　妮　(指着外公,笑起来)真是的!

外　公　他要当了皇帝,就用不着浪费全部时间去做这些荒谬的选举演讲了,也许就能安心办点事,改善一下局面!

罗　丝　我要是有张邮票,就写封信告诉他。

外　公　他可以成为另一位弗朗茨·约瑟夫①。整个国家就没人吭声啦。等他死了,你们爱搞什么选举就搞什么选举。

罗　丝　(对多丽丝)你是在打牌呢,还是在孵小鸡?

多丽丝　(吃一惊)哦,该我出牌吗?(翻一张)好吧,这儿!

罗　丝　感谢上苍。(她打出一张牌。轮到露西尔;她也打出一张)你是不是瘦了?

露西尔　我一直在试着减肥呐。我正考虑回到巡回游艺团。(多丽丝急忙担心地朝外公瞥一眼,后者没在意。正埋头看报)

_____

① Franz Joseph (1830—1916),奥匈帝国的缔造者。

151

范　妮　（偷偷指一下外公）你最好别提……

露西尔　他用不着知道，反正我再也跳不动舞了；我只是给魔术师打打下手，讲讲笑话。他们正商量在泽西重新开始。

罗　丝　赫伯什么工作都找不到吗？

露西尔　他都快疯了，罗丝姨妈。

罗　丝　上帝啊。所以你到底要怎么出啊，范妮？

范　妮　（感到大家在催她出牌，研究手里的牌）等一下！让我琢磨一下。

罗　丝　看来当初人家分享锦囊妙计的时候，咱们一家子都出门吃午饭去了。（她站起身来，烦恼、不安，往前走几步，又突然站住……）

范　妮　这儿太热了，我都没法思考。

罗　丝　出牌吧！我不能打开窗子。我不想再看到那个人的脸。他的两眼恶狠狠的。（斯坦尼斯劳斯从左边——前门进来。他是个中年海员，身穿短袖汗衫和粗布工作裤）你是从前门进来的吗？那个房产债权人也许今天会来！

斯坦尼斯劳斯　我忘了！不过我看见街上一个人影儿也没有。（提起一袋柠檬）从船上来的新鲜柠檬。（他

穿过舞台)我把所有的餐巾都浆洗过了。(下)

罗　丝　浆洗了全部餐巾……它们简直像犹太人的无酵
　　　饼那样干得噼啪响。我想算个命。(又拿出一副纸
　　　牌，在桌子上玩起"算命"的游戏)

露西尔　我不知道，罗丝姨妈，让这个人跟你们住在一
　　　起是不是明智？

多丽丝　我决不敢这么做！让一个陌生人住在地下室
　　　里，你们晚上怎么睡得着觉？

范　妮　没事儿！斯坦尼斯劳斯是个正派人。(对罗
　　　丝)我觉得他有点像同志，对不对？

罗　丝　但愿如此！(大家都笑了)哦，老天爷，范妮，
　　　快打出梅花皇后吧！

范　妮　你怎么知道我手里有梅花皇后！

罗　丝　因为我机智，我投票给了赫伯特·胡佛——我
　　　看了看打出来的牌，亲爱的，就能算出你手里还剩
　　　下什么牌。

范　妮　(对外公，他还在看报)她可真了不起，头脑
　　　跟外婆一样灵光。

罗　丝　嗬——瞧瞧这个倒霉的命。

范　妮　喏，我出牌啦。(打出一张牌)

罗　丝　（继续用纸牌算命）我总在门廊上给那些流浪汉一点吃的东西，可我给他一盘汤时，他居然说先把我们的窗户玻璃擦洗干净后再吃。这我可从来没听说过。我差点儿背过去。出牌吧，多丽丝，该你啦。

多丽丝　（极想把牌打快些）我知道该怎么打，等一下。

（她们都静止不动，各自研究手中的牌；罗丝这当儿面朝前方。她很快单独一人给照在光柱下）

罗　丝　当初我们上学时，得像士兵那样坐着，后背挺直，两手紧握十指放在桌子上；样样都该是正直的。海军从哈得孙河上来时你落了泪，因为那景象太美了。沙皇给枪毙了时你甚至也落了泪。他也长得漂亮。沃伦·加梅利尔·哈定总统，又是一位美男子。詹姆斯·杰·沃克市长像天使那样微笑，多么漂亮的鼻子，多么小巧的脚。证券交易所主席理查·怀特尼，是位英俊正直的男子汉。我能从报纸副刊上点出一百个名字来！可谁能料到，这些又正直又漂亮的男子汉，结果不是锒铛入狱的无赖骗子就是愚昧无知的小人？还剩下什么可信的呢？卫生间。我把自己关在里面，紧紧握着水龙头，好让自己不尖叫出来，不对着我的丈夫、我的婆婆，或者天晓得的什么东西尖叫出来，直到他们把我带走……（又接着用纸牌算命，心事重重）我这儿摆出的是什么该死的牌？这是什么？（灯光又恢复正常）

多丽丝 格雷的《墓园挽歌》。

罗　丝 什么？

范　妮 （担心地抚摸她的胳臂）你还是躺下歇一会儿吧，罗丝……

罗　丝 躺下……为什么？（对多丽丝）什么格雷的"挽歌"？你在说……

> ［斯坦尼斯劳斯上，走得很快——穿着一件齐腰长的、浆洗得雪白的侍者上衣，十分在行地齐肩托着一个放满玻璃杯的托盘和折好的餐巾。罗丝放一张牌算命时，脸上现出惊惶失措的神情。

斯坦尼斯劳斯 这是美好的 bricht moonlicht nicht tonicht[①] 很美好——那是苏格兰方言。

[①] 意谓："明亮的月光，今晚是不是？"

范　妮　他是怎么让那些餐巾立起来的！

罗　丝　（十分紧张——目光从摆好的纸牌上移开）你
　　　怎么又忽然穿上这样一件上衣？（她们紧张地瞧
　　　着他）

斯坦尼斯劳斯　"S. S. 曼哈顿"号客轮。船长的侍者
　　　在为您服务。（行礼）

罗　丝　别干这种吓人的事儿了，好不好？脱下那件上
　　　衣。你在说什么，船长的侍者？你是干什么的？

斯坦尼斯劳斯　我是船长的私人侍者，可现在"曼哈
　　　顿"号再也不航行了。我服务过约翰·皮尔庞特·
　　　摩根①，约翰·洛克菲勒，恩里克·卡鲁索②，莱
　　　昂内尔——

罗　丝　（十分怀疑地）请把小饼干拿来吧。（他拿起
　　　水罐要倒柠檬水）谢谢，我来倒吧。去吧。（她并
　　　没看着他；他走出去。在一片沉静中，她拿起
　　　水罐，把它斜过来倒柠檬水，可她的手抖得厉
　　　害，范妮连忙接过水罐）

范　妮　罗丝，亲爱的，上楼去歇歇吧……

---

① John Pierpont Morgan (1837—1913)，美国金融家。
② Enrico Caruso (1873—1921)，意大利男高音歌唱家。

罗　丝　你看这个人怎么样？

范　妮　怎么了？他看上去很不错嘛。

露西尔　他确实把这个家收拾得挺漂亮，罗丝姨妈，这
　　　　儿就像一艘船似的。

罗　丝　可他是个骗子，他想起什么就说什么。我干吗
　　　　要相信他呢？我到底着了什么魔？你一眼就可以看
　　　　出他是个信口开河的家伙；他找上门来，完全是个
　　　　陌生人，可我就让他住在地下室里了！

露西尔　嘘！（斯坦尼斯劳斯端来一盘小饼干，身上
　　　　又换了一件短袖汗衫，表情坚定……）

罗　丝　喂，听我说，斯坦尼斯劳斯……（她站起
　　　　身来）

斯坦尼斯劳斯　（预感到要被辞退）我明天就到船用杂
　　　　货商店去弄点特制的白油漆来，把房子外面全部粉
　　　　刷一遍。我有挺好的信用，可以赊款，不用您
　　　　花钱。

罗　丝　我已经考虑过了，你明白吗？

斯坦尼斯劳斯　（带着绝望的笑容）我再去五金店借一
　　　　把大梯子。我还要给地下室的窗户安上漂亮的窗
　　　　帘。对不起，我得去清洗冰箱啦。您尝尝这柠檬

水，这是我从西班牙潜水艇上学来的。（他借故下）

范　妮　我觉得他挺不错……罗<u>丝</u>，给你……（给她一杯柠檬水）

露西尔　甭担心那个房产债权人，罗丝姨妈。眼下已经过五点了，五点钟以后他们就不会来啦……

罗　丝　（犹疑不决）你看他还不错吗？

外　公　（放下报纸）李应该做的是……罗丝？

罗　丝　什么？

外　公　李应该去俄国。（姐妹俩和露西尔都惊讶地朝他望去）

罗　丝　（难以置信，惊骇地）去俄国？

外　公　在俄国，他们什么都需要；而这儿呢，你瞧，他们什么都不需要，因此也就没有工作。

罗　丝　（带点歇斯底里的声调）五分钟前，您说罗斯福太激进了，可现在，您又要让李去俄国？

外　公　那是两码事。听听这上面怎么说……十万美国人申请去俄国就业。瞧，上头就是这么写的。所以，如果李去那边开一家服装连锁店——

罗　丝　爸爸！您难道不知道在俄国一切都归政府所
　　　　有吗？

外　公　知道，但是商店不归。

罗　丝　商店当然也归！

外　公　商店也归他们所有吗？

罗　丝　对！

外　公　老天爷！

罗　丝　（对露西尔）我在这儿都快疯啦……

多丽丝　那到底是谁写的呢？

罗　丝　写什么？

多丽丝　格雷的《墓园挽歌》。这是昨天收音机里提出
　　　　来的一个问题，猜中了可以获得十五块钱的奖金，
　　　　可是你当时出门了。我还跑去叫你了呐。

罗　丝　谁写的格雷的《墓园挽歌》吗？

多丽丝　等我回到收音机旁，它又问另一个问题了。

罗　丝　多丽丝，亲爱的……（缓慢地）格雷的"挽
　　　　歌——"（范妮笑）你笑什么，你知道吗？

范　妮　（愉快地）我哪儿知道？

露西尔　是不是格雷？（罗丝瞧着她，眼中闪现十分
　　　　哀伤的神情，露西尔颇为腼腆地说）不是说"格

雷的挽歌"吗?

多丽丝　怎么能是格雷呢?那是诗名!（罗丝痛苦而失望地凝视着前方）

范　妮　怎么啦,罗丝?

多丽丝　我说什么了?

范　妮　罗丝,怎么啦?

露西尔　你没事吧?

范　妮　（真的害怕了——把罗丝的脸转过来对着她）你怎么啦!（罗丝放声大哭。范妮站起身来把她搂在怀里,自己也几乎哭出来）哦,罗丝,别……别哭……日子会好起来的,总会有办法的……（从左方——那扇前门——传来一声响,惊动了她们）

多丽丝　（指着左边）有人——

罗　丝　（猛地扬起两手）嘘!（轻声说）我立刻上楼去,就说我不在家。（她朝右边走去。莫上）

多丽丝　（笑）原来是莫姨父!

莫　干吗这么惊惶失措?

罗　丝　（朝他走去）哦,谢天谢地,我还当是那个房

160

产债权人来了呐。你今天回来得早啊。(他站在那儿望着她)

范　妮　咱们走吧,来。(大家开始清理桌上的茶盘、柠檬水、玻璃杯等)

莫　(凝视着罗丝的脸)你哭了?

露西尔　城里怎么样?

罗　丝　你们从后门走吧。

莫　城里啊,人都快给逼死了。

范　妮　你们把账单都准备好。我明天进城去。

罗　丝　洗个澡吧,你的脸色怎么这样苍白?

露西尔　再见,莫姨父。

莫　再见,姑娘们。

多丽丝　(她同范妮和露西尔一起走出去时说)我得去问问他那柠檬水是怎么做的……(她们下。莫呆视着某种幻景,沉默而专注)

罗　丝　你……有没有卖掉什么……没有吗,嗯?(他否定地摇摇头——不过这不是他在想的事)给你……(她从桌上拿起一个玻璃杯)来喝一口,挺凉的。(他接过去,却没喝)

莫　你每天晚上都有点歇斯底里。

罗　丝　没有，我没事。真是太莫名其妙了，每过一阵子我就没法……没法……（她抱住自己的脑袋）

莫　问题在于……你在听我说话吗？

罗　丝　什么？（忽然意识到父亲在场会让莫心理上有压力，转身快步走到他的身边）爸爸，到后廊上去吧，嗯？现在那儿有荫凉……（她给他一杯柠檬水）

外　公　可回头那家伙该看见我啦。

罗　丝　没关系。这么晚他不会来了，而且莫在这儿。去吧……（外公朝后面走去）……您干吗不戴另外一副眼镜，那副更凉快点儿。（外公下。她又回到莫跟前）嗯，亲爱的。你刚说什么，咱们今后该怎么办啊？

莫　会慢慢好起来的。

罗　丝　怎么会呢？

莫　因为如今已经好多了。所以你不必每晚那么神经紧张，而且我向上帝祈祷……

罗　丝　（指着桌上摆着的那副纸牌）我在算命。我……算到了，我看到了……一个年轻人，一个年轻人的死。

莫　（吃惊地）不会吧。

罗　丝　（觉察到他的惊慌）怎么啦？（她面向前方，
　　　吃惊，害怕）你为什么这么说？

莫　没什么……

罗　丝　是李吗？

莫　别胡闹了，行不行——

罗　丝　快告诉我！

莫　我刚才在地铁看到一桩可怕的事。有一个人朝列车
　　前面跳下去了。

罗　丝　哎呀——又出了那档子事！我的上帝！你看见
　　　那人了吗？

莫　没有，事情是我到那里几分钟前发生的，好像是个
　　很年轻的人。有名警察抱着一大篮鲜花，看来那个
　　年轻人在试着卖花。

罗　丝　我也看到了！（她的脊椎发麻，指着桌上的
　　　纸牌）你看，就在这儿！我要写信给李，叫他马上
　　　回来。我要你也加一句叫他回家来。

莫　我这儿一无所有，拿什么养活他，罗丝。我怎么能
　　叫他回家来呢？

罗　丝　（又哭又喊）那就马上到你母亲那儿去，对她拿出点男人的样子来……别再这样该死地犯傻了！（哭泣）

莫　（被刺痛，几乎被击垮——没有面对着她）这种局面不会……不会一直持续下去的，罗丝，一个国家不能就这样完了！（她还在哭泣；他痛苦地嚷起来）别哭了！我在努力！老天爷，我在努力呐！（门铃响。他俩惊惶失措，她望着左方，他只半转过身子对着门铃。外公匆匆奔上来，指着左方）

外　公　罗丝——

罗　丝　嘘！（门铃又响。莫用僵硬的手指头按着太阳穴，屈辱地移开目光。罗丝喃喃自语）老天爷啊——让他走吧！（门铃又响。莫低下头来，一只手颤抖地扶住前额）哦，亲爱的上帝，给我们新总统力量吧，给他智慧吧……（门铃响得更急一点）……让罗斯福拿出办法帮助我们吧……（门铃声）哦，我的上帝，帮助我们可爱的国家……和人民吧！

[门铃接连不断地响着，灯光暗下来。运动场上的人群声。灯光照在李身上，他正在拳击台旁边完成他的笔记。西德尼穿着一身警卫制服出现。两人的头发都已灰白。背景是拳击场。

西德尼 今天晚上这场比赛不错，鲍姆先生。

李 啊？还可以。

西德尼 对不起，打扰您了，不过我很爱看您写的报道。

李 哦？谢谢。（开始走开）

西德尼 （终于说出口）嘿！

李 （对这种不礼貌的招呼感到惊讶）嗯？（这时认出他）西德尼。老天，西德尼，原来是你！

西德尼 好家伙，论辈分你还是表兄呢？我当着你的面你都没认出来！

李 我可从来没见过你穿这身制服啊。

西德尼 我是这里的安全警卫的头头。

李 棒极了！

西德尼 没想到今天晚上你会来采访这场比赛。

李 我又决定写我的专栏啦——听说你母亲去世了，

是吗？

西德尼　是的，她不在了——我也很难过，听说罗丝姨
　　　　妈……和莫……

场外声　领他们出来吧，西德尼！

西德尼　（冲外喊）好的，没问题。（照在拳击场上的
　　　　灯光暗）

李　你和多丽丝……

西德尼　哦，对了，我和她几乎是咱们所认识的人当中
　　　　唯一一对没离婚的。你猜之前谁想见你？还记得
　　　　卢·查尼吗？

李　查尼。

西德尼　田径队的，你还记得吧——你们俩天天早上一
　　　　块儿跑步上学……

李　（还不太有把握，但是）哦，对，卢，他好吗？

西德尼　他死了——战死在意大利……可他的母亲还常
　　　　常提起你和他每天早上一块儿跑步上学的事儿。

李　是啊……现在谁住在我们那所房子里？

西德尼　一个波多黎各裔的联邦调查局工作人员。那家
　　　　人还不错，不过他们从来不修剪草坪。（用手比划
　　　　到膝头，表示草长得多高）乔奇·罗森让人枪杀

了，你知道吗？

李　乔奇·罗森。

西德尼　（用手比划出一个矮个子）小乔奇——我想是
　　他把他那辆赛车卖给你的。

李　（想起来了）乔奇也死了！

西德尼　（愉快地点点头）那条街上净闹事。

李　（摇摇头）你看上去倒蛮好，西德尼。

西德尼　你也一样——不过现在这个国家跟以往大不一
　　样了，对吗？

李　你指的是哪一方面？

西德尼　我也说不上来——观点立场什么的。可我实在
　　没法子——我大概是被这个国家迷住了——我还在
　　期望更好一点！仍然在等待好消息！你也许认为我
　　疯了吧……

李　没有，我为什么要那样想呢？

西德尼　（感激地抓住李的胳膊）你也一样，对不对？

李　……恐怕是的。

西德尼　我就知道！来吧，我来送你回去，我的车在车
　　库。我请你喝点什么吧。

李　太好啦！

西德尼　听我说，我改天给你寄一盘我最近创作的一首歌的录音带，歌名叫《一轮自己的明月》。挺不错的名字，你认为怎么样？

李　不错。听上去挺好。（西德尼渐渐走进暗处）

西德尼　《一轮自己的明月》——是我坐在门廊上突发奇想写出来的……（西德尼消失在暗处，但李还留在后面。灯光朦胧而暗淡地照在罗丝身上，她正坐在一架钢琴前，用反常的慢节奏轻轻弹奏，琴声像是从遥远的地方传来。李站在强光柱下）

李　已经过了这么多年，可我一想起我的母亲，心情仍然不能平静下来。若论那种疯疯癫癫的作风，她倒很像这个国家。任何一样她相信的东西，她也相信它的反面。她在地铁车厢里坐在一个黑人身旁，过不了几分钟就能让他倾诉自己一生当中最隐秘的私事。可也许过了一天——（惊愕地）"你们听说了吗！据说黑人要搬到这边来啦！"或者她会哀叹自己身为女人的命运："我早生了二十年。"她会说，"他们对待女人就如同对待一头母牛，让她生孩子，把她下半辈子锁在家里。"可是后来她又会警告我：

"你可要提防着点女人——她们要是不傻，就会满脑子坏主意。"我有时会回家给她灌输一通激进的理想主义思想，她就准备去捣毁警察设置的路障；可到了晚上，她又会迷上威尔士亲王。她很像这个国家；金钱让她着迷，但她真正渴望的是某个高处，让她可以极目远眺，环视四周，呼吸着她那自在生活里的新鲜空气。尽管饱受挫折，但她始终相信世界注定会变得更好。我不知道；我能肯定的只是，每当我想起她的时候，我的头脑中总会充满……这种对生活的无限向往！

罗　丝　（弹钢琴)唱啊!

> 〔他微笑，迅速转向她；她离他很远，两只手在琴键上方向他召唤。这时，明亮的灯光打在舞台背景阴云密布的大陆上空……他向她走去，灯光在他俩身上渐渐暗下来。罗伯逊出现——七十多岁，手里拿着手杖。

罗伯逊　采访者总是问我同样的两个问题——头一个问题:这种危机还会发生吗？我无法让自己相信我们会允许整个经济再次崩溃，不过，当然啦，人类的愚蠢是无止境的。第二个问题：真是罗斯福拯救了这个国家吗？（稍顿）事实是，罗斯福是个思想保守、因循守旧的人，他让一次接一次的紧急事态推向了左翼。有些时刻，革命这个词确实没有只被当作一种修辞。但是，不管愿不愿意，罗斯福的一切挣扎，一切实验，一切大实话，一切敷衍塞责，其最终结果却是使人们开始相信，这个国家实际上是属于他们的。我一点儿也不敢肯定这是罗斯福原有的意图；我甚至不大清楚这种结果是怎样得来的，但是依我看来，正是这种信念拯救了美利坚合众国。

〔灯光熄灭。

幕落

演出说明

《美国时钟》第一次被搬上舞台，是在纽约城的哈罗德·克勒曼剧院。一九八〇年五月二十四日，由丹·沙利文执导的剧本在南卡罗来纳查尔斯顿斯波莱托艺术节的码头边剧院上演。

一九八〇年十一月二十日，由维维安·马特隆执导的剧本在比尔特莫尔剧院上演。舞台场景由卡尔·艾吉斯蒂设计，灯光和服装分别由尼尔·彼得·让波利斯、罗伯特·伏耶沃茨克负责。根据演员出场顺序，演员表如下：

李·鲍姆   威廉·阿瑟顿

莫·鲍姆   约翰·伦道夫

克拉伦斯，侍者，

艾萨克，杰尔姆，

钢琴搬运工   多尼·伯克斯

罗丝·鲍姆   琼·科普兰

弗兰克，利弗莫尔，

失业救济办事处工作人员，

斯坦尼斯劳斯　　　　　　　　拉尔夫·德里谢尔

外公，卡普什　　　　　　　　塞勒姆·路德维格

范妮·马戈利斯，默纳　　　　弗朗辛·比尔斯

克莱顿，西德尼·马戈利斯　　罗伯特·哈珀

拉尔夫·杜兰特，警官，

钢琴搬运工，托兰　　　　　　艾伦·诺思

托尼，泰勒，杜根　　　　　　爱德华·西蒙

侍者，偷自行车的人，

鲁迪，钢琴搬运工，瑞安　　　比尔·斯米特罗维奇

乔，布什　　　　　　　　　　戴维·钱德勒

多丽丝，伊莎贝尔，格雷丝　　玛丽莲·卡斯基

艾琳　　　　　　　　　　　　罗莎娜·卡特

让内特·拉姆齐，伊迪，

露西尔，随从　　　　　　　　苏珊·夏基

Arthur Miller
THE AMERICAN CLOCK

Copyright © Arthur Miller，1982
All Rights Reserved

图字：09－2021－902 号

图书在版编目(CIP)数据

美国时钟/(美) 阿瑟·米勒（Arthur Miller）著；
梅绍武译. —上海：上海译文出版社，2023. 4
（阿瑟·米勒作品系列）
书名原文：The American Clock
ISBN 978－7－5327－9186－6

Ⅰ.①美… Ⅱ.①阿…②梅… Ⅲ.①话剧—剧本—
美国—现代 Ⅳ.①I712. 35

中国国家版本馆 CIP 数据核字(2023)第 062049 号

美国时钟	Arthur Miller	出版统筹　赵武平
[美] 阿瑟·米勒 著		责任编辑　王　源
		装帧设计　周安迪
The American Clock	梅绍武　译	封面插画　小肥鸡 Lia

上海译文出版社有限公司出版、发行
网址：www. yiwen. com. cn
201101 上海市闵行区号景路 159 弄 B 座
杭州宏雅印刷有限公司印刷

开本 787×1092　1/32　印张 5.5　插页 5　字数 58,000
2023 年 6 月第 1 版　2023 年 6 月第 1 次印刷

ISBN 978－7－5327－9186－6/I・5716
定价：55. 00 元